NARRATIVE

Giovanni Grasso

L'amore non lo vede nessuno

Rizzoli

Pubblicato per

Rizzoli

da Mondadori Libri S.p.A.

ISBN 978-88-17-18695-7

Prima edizione: aprile 2024
Seconda edizione: aprile 2024
Terza edizione: maggio 2024

L'amore non lo vede nessuno

I

Consummatum est

Sabato 17 giugno

La chiesa dedicata ai santi Cosma e Damiano era piena all'inverosimile, tanto che la piccola folla dei ritardatari, composta prevalentemente da colleghi di ufficio arrivati da Milano, era stata costretta a rimanere fuori, in piedi sul sagrato, sotto il sole cocente. Non che all'interno si stesse meglio. Tutt'altro. Il caldo era insopportabile. Vecchi ventilatori ansimanti, rimediati chissà dove dal sagrestano, diffondevano tra le navate solo sbuffi di aria calda misti a un nauseabondo puzzo di fiori marci. Molti degli uomini, dopo qualche imbarazzato sguardo d'intesa, si erano tolti la giacca. L'alternanza di camicie immacolate con gli abiti scuri delle donne creava, sui banchi, uno straniante effetto scacchiera.

Non esiste un tempo adatto per morire. Ma certo quel maledetto funerale si svolgeva nell'ora peggiore, a mezzogiorno, in una delle giornate più afose dell'anno. Alternative non ve ne erano state. Impensabile celebrarlo al mattino presto, con il fresco: sarebbe stato uno sgarbo nei confronti dei tanti amici e colleghi di Milano, a un'ora di auto, che avevano manifestato l'intenzione di partecipare alla funzione. Niente da fare neanche per il pomeriggio. Il custode veniva da fuori e i cancelli del piccolo cimitero di via Milano chiudevano alle 15. Il giorno successivo cadeva di domenica e la domenica non si celebrano funerali in chiesa. Ma, del resto, cos'era patire per meno di un'ora il caldo, di fronte allo strazio per la tragica e improvvisa scomparsa di una giovane donna? Così, almeno, la pensava lo sparuto gruppo dei familiari più stretti, raggrumati in prima fila attorno all'anziano padre della defunta; non si poteva dire lo stesso per la maggioranza dei presenti, a giudicare dalle espressioni di crescente insofferenza, specie negli ultimi banchi, occupati dai semplici conoscenti.

Il parroco – un omone rubicondo sbattuto dai suoi superiori dalla lontana Polonia in quella terra secolarizzata e avara, priva ormai di vocazioni – aveva appena terminato l'omelia: era stata onesta, sentita, piena di parole di conforto e di speranza. Il Vangelo del giorno raccontava la parabola del figliol prodigo, che torna a casa pentito della sua vita dissipata, e della festa che il padre dà in suo onore, scatenando la gelosia dell'altro figlio. Un testo difficile da comprendere utilizzando la logica umana, aveva spiegato il prete, e che andava interpretato nell'ottica della misericordia divina. Il figlio «buono» avrebbe dovuto gioire anche lui insieme al padre per il ritorno del fratello, ma era troppo concentrato su se stesso, sulla rivendicazione dei propri meriti, e non aveva saputo compatire e perdonare. «Perché» aveva aggiunto il sacerdote polacco con il suo accento e la sua voce baritonale che ricordavano papa Wojtyła «la giustizia appartiene all'umano, ma la misericordia e il perdono provengono direttamente da Dio.»

Silvia, la sorella maggiore della defunta, seduta in prima fila accanto al padre, incurvato sotto il peso di una sofferenza insostenibile, pensò che quel passo del Vangelo fosse particolarmente azzeccato. Sembrava proprio parlare dei suoi rapporti con la sorella. Anche lei, tante volte, si era sentita come il figlio «buono» e aveva masticato amaro per le attenzioni, la pazienza e l'indulgenza che sua madre e suo padre manifestavano nei confronti della scapestrata sorella. Il suo caratterino bizzoso e i suoi comportamenti provocatori avevano creato non pochi grattacapi e preoccupazioni a tutta la famiglia. Lei, invece, rispettava le regole, era sempre disponibile, ubbidiente, docile. Ma di questo i genitori sembravano non accorgersene, presi com'erano a rincorrere i capricci di Federica.

Dopo aver commentato il Vangelo, il sacerdote aveva speso parole sincere sul dolore dei familiari, specie del padre, con il quale aveva una certa consuetudine. Aveva ricordato Lina, la mamma di Silvia e Federica, una donna pia e dolcissima, scomparsa ormai da parecchi anni. Ma nella predica era totalmente mancato qualsiasi riferimento all'anima irrequieta e ribelle che fino a pochi giorni prima aveva abitato quel corpo snello e scattante, che adesso giaceva inerte, imprigionato per sempre dentro una cassa di legno lucido.

Non poteva essere diversamente, rifletté Silvia: don Tomasz non sapeva nulla di Federica. Forse l'aveva intravista un paio di volte in chiesa, a Natale o a Pasqua, ma non si erano mai scambiati una parola. Vi era, in tutta la faccenda, una circostanza bizzarra: sua sorella, fin da piccola, amava stare sempre al centro dell'attenzione, una vera principessina servita e riverita e talvolta persino temuta. E ora che tutta quella gente era accorsa in massa per partecipare al suo funerale, sulla protagonista indiscussa della cerimonia non veniva spesa nemmeno una parola. Ma, in fin dei conti, che cosa si sarebbe potuto dire? Nessuno dei presenti, tantomeno lei, la sorella di quattro anni più grande, avrebbe potuto in coscienza sostenere di conoscerla a fondo. Eppure l'aveva cresciuta amorevolmente dopo la morte della mamma.

Silvia ricordava benissimo gli anni dell'infanzia e quelli dell'adolescenza, piena di amori tormentati e irrisolti, vissuti fianco a fianco nella stessa scuola, nella stessa casa, nella stessa cameretta, nella stessa minuscola frazione del comasco, dove la vita era semplice, rassicurante e tanto, tanto noiosa. Le erano sicuramente noti certi lati, immutati, del carattere di Federica: volitivo, allegro, egocentrico, spigoloso, casinista, persino un po' opportunista. Tuttavia, da quando Fede aveva deciso, contro il parere del padre, di trasferirsi da Civello a Milano in cerca di fortuna e di senso, le aveva sbarrato l'accesso non solo ai sentimenti profondi ma anche alle informazioni più elementari.

Nessuno, in famiglia, aveva l'esatta percezione di che tipo di vita Federica conducesse a Milano, distante dal paese solo cinquanta chilometri, ma anni luce dalle loro abitudini. Sapevano, quello sì, che viveva da sola in un grazioso loft con spettacolare terrazza non lontano da Porta Ticinese, che lavorava nell'ufficio comunicazione di una grande casa d'aste specializzata in antiquariato, che frequentava persone danarose, festaiole, e ambienti altolocati, che vestiva sempre alla moda, con capi di grande pregio. Nessuna confidenza avevano però mai ricevuto sulla vita privata, sulle sue compagnie, su possibili amori o partner. Era pur vero che Federica li metteva al corrente, con un certo compiacimento, dei suoi frequenti viaggi di piacere in località fascinose: Capri, Costa Azzurra, Cortina, Portofino, Parigi, New York. Ma non era dato di sapere a nessuno chi fossero i mai specificati «amici» che la ospitavano in ville da sogno, in alberghi a cinque stelle o su yacht di lusso. Qualche volta, Silvia si era sorpresa persino a fantasticare che la spregiudicata e sfuggente sorellina potesse condurre una doppia vita: antiquaria la mattina, escort la sera. Ma aveva sempre scacciato, con forza, questo sospetto, che le appariva ingiusto e inverosimile.

Era fatale che, dopo tanti anni di lontananza da casa, la figura di Federica fosse circondata da un'aura di impenetrabile mistero. Ora che la sorella era morta all'improvviso, il rimpianto più grande di Silvia era quello di non averle mai chiesto se avesse trovato autentici momenti di felicità nel corso della sua vita breve e turbolenta.

Silvia diede una carezza al volto del padre, asciugandogli le lacrime, quasi a rassicurarlo che il loro prossimo distacco sarebbe durato pochi minuti. Si alzò dal banco e si diresse verso l'altare. Don Tomasz aveva chiesto che un familiare leggesse la preghiera dei fedeli: il padre non era nelle condizioni di farcela e la scelta era inevitabilmente caduta su di lei.

Raggiunse il leggio e nella chiesa risuonò un lungo brusio, seguito da un improvviso e totale silenzio. A molti fece l'effetto di un fantasma: Silvia assomigliava talmente tanto alla sorella che spesso le scambiavano per gemelle. La giovane donna si schiarì la gola e con la voce che le tremava per l'emozione cominciò a leggere la prima intenzione. Levò gli occhi verso gli astanti, per invitarli a pronunciare l'«Ascoltaci, o Signore» di rito, che si alzò però solo dalle prime file. Tra quella gente i praticanti non dovevano essere poi molti.

Da quella posizione rialzata, Silvia poteva vedere tutta la chiesa e scorgere i volti dei presenti. Notò subito che, per una curiosa coincidenza, i conoscenti, i vicini di casa, i compagni di scuola, il popolo, insomma, di Civello e di Villa Guardia, avevano preso posto nei banchi alla sua destra, dietro le file dei parenti. Mentre il settore alla sua sinistra era occupato da persone, soprattutto giovani, a lei pressoché sconosciute ma, in qualche modo, riconoscibili: i colleghi e gli amici di Milano di Federica. Era, pensò Silvia, quasi una rappresentazione plastica della vita della sorella. Di qua il suo passato di semplice ragazza di provincia, con i familiari e gli amici d'infanzia; di là, rigorosamente separato, il suo universo cittadino, smagliante e tentacolare, costituito da relazioni affascinanti quanto effimere. In fondo, Federica, con la sua perenne insoddisfazione e il temperamento mutevole, non sembrava appartenere veramente né a un gruppo né all'altro.

Nel settore di sinistra pochi sembravano veramente commossi. Una smorfia luttuosa, uguale per tutti, tradiva l'artificiosità dei loro sentimenti. Silvia avvertì con chiarezza l'impressione sgradevole che la maggioranza di quelle persone vivesse la cerimonia di addio a Federica come un'incombenza da sbrigare al più presto, senza un briciolo di autentica partecipazione.

Il suo interesse fu, però, catturato dall'ingresso in chiesa di un uomo maturo, alto e distinto, che si stava facendo faticosamente largo tra la folla per avvicinarsi il più possibile al feretro ricoperto di fiori. Lo scrutò con attenzione: non l'aveva mai visto prima, sicuramente non era uno del luogo, ma non sembrava nemmeno appartenere alla categoria azzimata dei «milanesi». Non erano solo l'età o lo stile a distinguerlo. C'era in lui qualcosa di solenne, di ieratico. E, soprattutto, sul suo volto era dipinta una espressione sobria e composta, ma che rivelava un'indicibile pena interiore. Se avesse dovuto fare una classifica delle persone che, in quella chiesa, le apparivano più sinceramente addolorate, Silvia avrebbe sicuramente messo quello sconosciuto al secondo posto, davanti a lei persino, e subito dopo suo papà. Quell'uomo, ne era intimamente convinta, amava davvero sua sorella.

Abbassò di nuovo lo sguardo sul leggio e continuò a recitare le intenzioni:

«Per la pace. *Ascoltaci, o Signore...*

Per la giustizia. *Ascoltaci, o Signore...*

Per il papa. *Ascoltaci, o Signore...*

Per la Chiesa. *Ascoltaci, o Signore...*

Per i governanti. *Ascoltaci, o Signore...*

Per l'anima della defunta, *Ascoltaci, o Signore...*

Per il dolore dei familiari. *Ascoltaci, o Signore...*».

Quel supplizio durante il quale aveva dovuto sforzarsi per trattenere le lacrime e rimanere compunta, si era per fortuna concluso. Riprese posto al primo banco, tornando a stringersi al padre. Tanti pensieri tristi le si affollavano nella testa, ma l'espressione dolente dell'uomo misterioso e affascinante, apparso come uno spettro in fondo alla chiesa, non l'abbandonava. Si ripromise di saperne di più. Poi il ricordo di Federica prese il sopravvento e dovette fare un grande sforzo per soffocare i singhiozzi che le squassavano il petto.

Finita la messa, una lunga fila di amici e conoscenti attendeva al varco, sul sagrato, i familiari. Silvia voleva risparmiare al padre almeno una parte dell'interminabile e penoso rito delle condoglianze: si precipitò dunque all'esterno, preparandosi a stringere mani sconosciute, a ricevere abbracci e pacche sulle spalle, ad ascoltare parole di circostanza, a ringraziare.

«Ero la capoufficio di sua sorella, una grave perdita anche per la nostra azienda... Condoglianze.»

«Siamo affranti. Una donna così giovane...»

«Sono Veronica, con tua sorella lavoravamo gomito a gomito. Mi parlava sempre di te... Ti lascio il mio numero di telefono, chiamami per qualunque cosa.»

«Che tragedia! Maledetto incrocio. Ora mi auguro che metteranno finalmente il semaforo. Dovreste fare causa...»

«Non la dimenticheremo mai...»

«Le mie sentite condoglianze. Mi raccomando: stia vicina a suo padre.»

«Era così bella...»

«Stanotte in casa abbiamo recitato il rosario. Condoglianze.»

«Mi si è spezzato il cuore, povera Federica...»

Il piazzale della chiesa poco alla volta si svuotò. Amici e conoscenti si erano allontanati, scambiandosi inchini e sorrisi, ammiccando forse all'idea di averla scampata, almeno per quel giorno. Ma dell'uomo misterioso non vi era traccia: doveva essere andato via subito dopo la funzione, senza salutare nessuno.

Silvia seguì con lo sguardo i colleghi di Federica salire su auto di grossa cilindrata che, rombando, si diressero verso l'autostrada.

Accanto al carro funebre rimase solo un minuscolo capannello, avviluppato in stretti abbracci. Sembrava un gruppo statuario barocco, raffigurante la Pietà. Al centro vi era Ernesto, il papà di Federica. Attorno a lui Silvia con il marito Giulio, che teneva per mano le due figlie, Chiara e Martina. Nel cerchio più esterno lo zio Livio, cognato di Ernesto, un paio di anziane cugine ed Eugenia, l'amica del cuore di Silvia. La piccola folla si divise in due auto, guidate da Giulio e da Eugenia, che seguirono mestamente il carro funebre nel breve percorso verso il cimitero.

Quando giunsero nei pressi della tomba di famiglia, il parroco era già lì, pronto a sovrintendere e a benedire. Gli operai alzarono la pesante lastra di travertino. In fondo alla buca apparve, coperta di polvere, la bara della mamma di Silvia e Federica. Ernesto sbottò: «Avevo comprato questa tomba per la povera Lina e per me. Dovevo finirci io lì dentro, non Fede...».

II

Maschio e femmina li creò

Le penose incombenze funebri erano finalmente terminate. Ma sul capo di Silvia pendevano ora altre faccende non meno importanti. Intanto c'era da occuparsi di papà. Impensabile, almeno per i primi giorni, lasciarlo solo, nella sua villetta piena di ricordi di mamma e di Federica. Decise che l'avrebbe ospitato per un po'. La casa non era grande, ma Giulio si era mostrato, fin da subito, molto comprensivo. Le bambine avrebbero dormito nel letto con loro, lasciando la cameretta, piena di bambole e di colori, al nonno.

Con calma avrebbe poi affrontato tutte le questioni pratiche: la successione, la casa di Milano, gli oggetti personali di Federica, le pratiche legali e assicurative, l'automobile... Era comunque fermamente intenzionata a dare battaglia all'amministrazione provinciale. La sua sfortunata sorella non era stata la prima vittima di quel maledetto incrocio. I giornali e le televisioni locali lo avevano ormai battezzato come «il bivio della morte» e nei bar del paese non si parlava d'altro. C'era stato persino un gruppo di cittadini che aveva dato vita a un comitato per esigere dal Comune e dalla Provincia la costruzione di una rotonda.

Dai primi rilievi la stradale aveva appurato che Federica

procedeva a velocità molto elevata. Era fatta così, riteneva di essere immune da qualsiasi pericolo, la sua vita era una continua sfida, con gli altri e con se stessa. Tuttavia il conducente del tir, contro cui la sua Bmw cabrio si era schiantata, non aveva rispettato la precedenza. Ci sarebbe stato un processo, in sede penale e in sede civile, così le aveva spiegato un amico avvocato, che si sarebbe concluso con un concorso parziale di colpa e un congruo, anche se non totale, indennizzo agli eredi. La sola idea di un risarcimento in denaro ripugnava a Silvia: nulla, infatti, avrebbe potuto compensare il dolore per la perdita di quella giovane vita. In cuor suo aveva già stabilito che avrebbe devoluto parte della somma alle associazioni delle vittime della strada.

Ripensò con grande angoscia al momento in cui, tre giorni prima, i carabinieri erano piombati in casa per annunciarle la morte di Federica. In tavola era tutto pronto per festeggiare il quinto compleanno di Martina, la figlia piccola, la cocca della zia. C'era anche nonno Ernesto: insomma la famiglia riunita al completo, in attesa di Federica, che sarebbe arrivata dalla città – sicuramente in ritardo – a bordo della sua auto sportiva, carica di allegria e di doni.

Lei e i suoi cari non si sarebbero ripresi facilmente da uno shock simile. Pensò a quanto potesse essere precario il destino; a quanto una manciata di secondi – il tempo di un respiro, di una scampanellata – potesse cambiare tragicamente il corso dell'esistenza di una persona e di quelle che le stanno attorno. Ormai poteva dire addio a quella spensieratezza che, grazie a Giulio e alle bambine, aveva faticosamente recuperato dopo la perdita della mamma. Da quel momento in poi la sua vita e, soprattutto, quella di suo padre, avrebbero conosciuto una netta e dolorosa cesura, un prima e un dopo, che coincideva con il mortale incidente di Federica.

Passò una notte d'inferno. Le immagini della sorella viva, sicura di sé e strafottente, e quelle dell'incidente, con la macchina distrutta e il sangue sui finestrini, le si affastellavano nella testa, in un violento turbinio che le toglieva il sonno oltre che il respiro. Le bimbe, cariche di nervosismo per l'aria cupa che avevano respirato tutto il giorno, smaniavano continuamente. In più, in quella veglia interminabile nel buio più fitto, udiva a tratti provenire dal corridoio il singhiozzare soffocato del padre. Sembravano dei vagiti e l'idea che l'anziano genitore piangesse come un bambino le spezzava il cuore.

La mattina successiva, quando aprì gli occhi, provò a illudersi che i terribili eventi che aveva vissuto in quei giorni fossero solo un brutto sogno e che nulla di tragico fosse realmente accaduto. Ma la vista delle figlie che le dormivano accanto la riportò immediatamente all'amara realtà. Si alzò. Ernesto era già sveglio, vestito di tutto punto. Aveva preparato il caffè e ora sedeva al tavolo della cucina, guardando fisso davanti a sé.

«Quando andiamo da Federica?» chiese implorante.

«Papà sono appena le sette, le bambine dormono ancora. Ho deciso che non andranno in piscina stamattina. Le teniamo con noi. Sono molto stressate...»

Ernesto fissò a lungo il vecchio orologio d'oro che aveva al polso, come se cercasse nel movimento delle lancette impossibili risposte al proprio dolore.

Silvia si intenerì: «Dammi qualche minuto che mi vesto

e mi organizzo con Giulio e le bambine. Poi ti accompagno da Federica».

Ernesto salì in auto in silenzio, Silvia si mise alla guida. In pochi minuti arrivarono al piazzale del cimitero. Il padre si fermò a comprare dei fiori bianchi, e si incamminarono a braccetto nel viale tra due file di cipressi.

Davanti a sé, a una decina di metri di distanza, Silvia scorse una sagoma scura china sulla tomba di famiglia. Un uomo stava depositandovi sopra un mazzo di fiori ma, appena li vide arrivare, si alzò di scatto e guadagnò l'uscita con passo svelto. Il suo sguardo si incrociò appena con quello di Silvia, che però riuscì a scorgere sul volto dell'uomo la stessa espressione di dolore profondo che gli aveva notato in chiesa. Avrebbe voluto rincorrerlo, fermarlo, domandargli chi fosse, ma non poteva abbandonare il padre, che le camminava faticosamente al fianco, aggrappato al braccio.

Quando, dopo pochi passi, giunsero nei pressi della tomba, Silvia fissò gli occhi sul mazzo portato dall'uomo ed ebbe un moto di meraviglia che si trasformò, in un attimo, in stizza: erano peonie rosa, i fiori prediletti di sua sorella! Il misterioso individuo aveva dunque avuto modo di conoscere a fondo Federica e i suoi gusti floreali. E tutto questo lasciava intendere che doveva averla amata, forse alla follia. Ma era stato corrisposto? Era stato un corteggiatore, un amico, un compagno, un amante? Avevano avuto una storia, più o meno lunga, o era stato invece una delle tante passioni fugaci della sorella, un fuoco che aveva brillato appena per una o due notti?

Silvia si rammaricò: probabilmente non lo avrebbe più rivisto, non ne avrebbe mai conosciuto l'identità e non avrebbe potuto apprendere la verità sui suoi rapporti con Federica. Certo, quell'uomo poteva essere solo un piccolo e forse ininfluente tassello del mosaico di relazioni, contatti, amicizie che Fede aveva stabilito da quando si era trasferita in città. Ma il desiderio di sapere chi fosse la divorava comunque.

Tornata a casa, corse in camera e aprì l'armadio in cerca del tailleur scuro che aveva indossato per il funerale. Infilò la mano nella tasca dei pantaloni e con sollievo tirò fuori un biglietto da visita. Ricordava bene: in quella miriade di mani e volti pressoché sconosciuti, Veronica, la collega di Federica, le aveva lasciato il suo recapito. Uscì in balcone e compose il numero sul cellulare. La risposta non si fece attendere.

«Pronto, chi parla?»

«Veronica, buongiorno, sono Silvia, la sorella di Federica. Spero di non disturbare.»

Dal tono incerto Silvia capì che Veronica era stata colta alla sprovvista e aveva dovuto fare mente locale.

«Ah sì, certo: Silvia! Scusami. Non mi sono ripresa dallo shock, non riesco ancora a crederci. Ma vengo io a raccontarlo a te, che sei sua sorella? Dimmi pure, posso esserti utile in qualcosa?»

«Grazie. Volevo chiederti se per caso conoscevi l'uomo alto, brizzolato, sui cinquanta e passa, vestito di scuro, che ieri è arrivato a funerale iniziato ed è rimasto tutto il tempo in piedi in fondo alla chiesa.» Silvia si rese conto solo in quel momento che aveva pochi secondi per elaborare una versione plausibile che non destasse eccessiva curiosità nella collega della sorella. Non aveva alcuna voglia di dilungarsi in particolari. Azzardò la prima scusa che le venne in mente:

«Quell'uomo mi ha detto che avrebbe voluto consegnarmi dei documenti di mia sorella, mi ha dato anche il suo biglietto da visita, che ora però non ritrovo... E in tanta confusione non ho memorizzato il nome».

Veronica stette a pensare per un po'. Poi rispose: «Credo di aver capito a chi ti riferisci. Un signore maturo, elegantissimo e fascinoso, con un abito grigio scuro. Lo abbiamo notato tutte. E come poteva essere altrimenti? Quando è passato tra noi, era come se diffondesse intorno a sé una inquietante sensazione tenebrosa e magnetica, hai presente un vampiro, un demone?».

«Un conte Dracula dall'espressione smarrita...» commentò Silvia.

«Esattamente!» Veronica continuò: «Comunque no. Non l'avevo mai visto prima e non so proprio chi possa essere. Sicuramente non era del nostro giro di antiquari, galleristi e... mercanti d'arte. Magari ci capitasse qualche volta di incrociare sul lavoro un tipo così interessante!».

Silvia incalzò: «Veronica, ti chiedo scusa. Per caso Federica ti aveva mai parlato di qualche amore, di qualche flirt recente, di qualche spasimante?».

«Federica era molto gelosa della sua vita privata. E credo che, in ufficio, non ne parlasse con nessuno. Me compresa, nonostante lavorassimo insieme da tantissimo tempo. Ma non era capace di nascondere i suoi stati d'animo. Se era arrabbiata o contenta, innamorata o rattristata, glielo si leggeva in faccia.»

«E come ti sembrava in questi ultimi tempi?»

«Negli ultimi mesi era molto cambiata. All'inizio dello scorso anno mi aveva lasciato intendere di aver finalmente trovato l'amore della sua vita. Non mi aveva riferito nessun particolare, figuriamoci, ma sprizzava felicità da tutti i pori. Era sempre allegra. E soprattutto aveva dato un taglio deciso agli aperitivi serali, ai cocktail, alle feste. Lei, una protagonista delle notti milanesi, declinava tutti gli inviti. Durante i week-end spariva, senza che nessuno sapesse dove. E tornava in ufficio il lunedì rilassata e distesa. E poi controllava continuamente e compulsivamente il cellulare...»

Silvia l'interruppe: «Quello in realtà lo ha sempre fatto».

«Sì, ma lo faceva in un modo totalmente diverso. Attendeva con trepidazione l'arrivo di certi messaggi e quando arrivavano sorrideva come una ebete...»

«E poi che è successo? In che senso era cambiata negli ultimi mesi?»

«Da un giorno all'altro, sarà stato a marzo, era diventata inquieta, nervosa, l'espressione era sempre tesa. Aveva anche perso il suo famoso sorriso. Aveva ricominciato a fare vita notturna, ma non sembrava più a suo agio, non si divertiva più. Voleva solo riempirsi la testa di musica, di parole, di immagini, di persone, per non pensare. Aveva persino ripreso a fumare e sul lavoro era distratta, poco precisa, svogliata. Non era da lei...»

Silvia si fermò a riflettere. Poi domandò: «C'è qualche elemento secondo te, una frase, una persona, un oggetto, un qualcosa che hai notato, che possa aiutarmi a fare luce su questo improvviso cambiamento?».

«Ora che ci penso, sì» rispose Veronica. «Nel periodo di felicità indossava sempre un anello al dito, con delle pietre preziose, brillanti e smeraldi... Sai, un gioiello così non passa inosservato.»

«Strano. Federica non portava mai anelli.»

«Già. Da marzo in poi ho notato che non lo aveva più... Una volta provai a chiederle dove fosse finito, lei mi rispose con eccessiva noncuranza che l'aveva smarrito chissà dove. Ma non mi era sembrata sincera: perdere un anello così è una vera tragedia!»

«Veronica, un'ultima cosa. Sai più o meno qual era lo stipendio di mia sorella?»

«Be', sì. Non è un segreto, è più o meno come il mio. Siamo sui millecinquecento euro netti al mese, che con gli straordinari possono arrivare a millesettecento.»

«Perdonami, ma non pare anche a te che Federica conducesse una vita molto al di sopra delle sue possibilità?»

Veronica non ci stette a pensare su: «Assolutamente sì. Credo che lo stipendio le bastasse giusto per pagare l'affitto di casa e poco altro».

«E ti ha mai raccontato dove prendesse i soldi per comprarsi tutti i vestiti firmati o per fare quei viaggi in luoghi da sogno e in alberghi esclusivi?»

«Mi diceva sempre, ridendo, che aveva degli amici molto generosi. Io pensavo che scherzasse. Che fosse ricca di famiglia...»

«Mah, ringraziando Iddio non ci è mai mancato nulla, ma ricchi proprio no: mio padre era un piccolo commerciante, che oggi vive modestamente e dignitosamente con i risparmi e una piccola pensione. Ti ringrazio, Veronica. Se ti dovesse venire in mente qualcosa di utile, sai come trovarmi.»

«Ma perché mi fai tutte queste domande? C'è qualcosa di strano attorno a Federica?»

Veronica era stata gentile e disponibile e Silvia decise di

rinunciare ai propositi di riservatezza: «Non so dirti. Non ho molti elementi. Però prima di partire mi aveva telefonato, annunciandomi che doveva raccontarmi di una questione molto urgente e delicata. Ero stupita. Era una vita che non mi chiamava, che non si confidava con me. Avevamo litigato, anni fa, e da allora i nostri rapporti erano solo formali. Mi aveva accennato che si sentiva in pericolo, pronunciando le parole "minaccia" e "ricatto", e che a voce mi avrebbe spiegato tutto...»

Alcuni secondi di silenzio precedettero la nuova, stupefatta domanda della collega di Federica: «Ma questa minaccia e questo ricatto potrebbero avere qualche attinenza con la sua morte?».

Silvia non era preparata a quella domanda. Non ci aveva ancora pensato. Farfugliò: «Non ti so proprio dire. Mi sembra un'ipotesi improbabile. Ma c'è qualcosa che non mi quadra e voglio scoprire chi o che cosa angosciasse così tanto mia sorella».

III

Molta sapienza, molto affanno

Lunedì 19 giugno

La mattina successiva Silvia riuscì a dormire un po' di più. Le tensioni accumulate nei giorni precedenti avevano ceduto il passo alla stanchezza. Cercando di non svegliare il marito e le figlie, sgusciò furtiva dal letto. La luce del sole filtrava vigorosa dalle persiane e preannunciava un'altra giornata di caldo torrido. Un profumo di caffè si diffondeva per tutta la casa. Suo padre si era già alzato e aveva preparato la colazione per tutti. Come il mattino precedente, si era vestito di tutto punto, con giacca e cravatta, ed era seduto sulla sedia della cucina a fissare il nulla.

Appena la vide, Ernesto alzò gli occhi e le chiese: «Vieni con me a messa e poi mi accompagni al cimitero?».

Lei gli sorrise con tenerezza, annuendo. Lo conosceva bene, aveva fatto così anche quando era morta sua madre: per molti anni non aveva mancato neanche un giorno di andare al cimitero, la mattina presto o durante la pausa pranzo. A quei tempi, però, era giovane e aitante e faceva tutto da solo. Ora quello sguardo triste e spaesato conteneva anche un'accorata richiesta di aiuto. Gli si sedette accanto, prendendogli la mano sinistra, con le due fedi, la sua e quella della moglie, e la portò alle labbra per baciarla. Lui le sussurrò: «Dobbiamo far incidere il nome sulla lapide e scegliere una bella foto di Federica. Per la foto ci pensi tu?».

«Ne ho qualcuna sul cellulare, me ne mandava sempre dei suoi viaggi…»

«Sceglìne una sorridente.»

«Lo faccio al più presto» rispose Silvia, sospirando. Non si sentiva ancora pronta per quel compito, le si stringeva lo stomaco all'idea di dover visionare le immagini della sorella.

Il citofono suonò con una certa insistenza.

«Chi può essere a quest'ora?» disse Silvia tra sé e sé, alzandosi per andare a rispondere.

«Ciao, sono Eugenia.»

«Ti apro… Sali?»

«No, Silvia, è meglio che scendi tu.»

«Ok, dammi due minuti.»

Tornò in camera, si tolse la camicia da notte e si infilò rapidamente un vestitino di cotone e un paio di sandali. Scese le scale, impensierita da quella richiesta insolita, e si trovò davanti quella che, per affinità e consuetudine, considerava la vera sorella. Eugenia aveva un'aria particolarmente preoccupata. Si guardò intorno per verificare che non potesse sentirla nessuno, poi tagliò corto: «Guarda che scrivono questi…».

Sventolò sotto il naso di Silvia «Otto pagine», un quotidiano della zona, zeppo di pubblicità, di pettegolezzi e di interviste a pagamento di politici, manager, commercianti locali. Il titolo di apertura, in prima pagina, sparava: *Incrocio della morte. L'ipotesi del suicidio o del sabotaggio.*

Silvia strabuzzò gli occhi, strappò di mano all'amica il giornale e scorse voracemente le pagine. L'articolo all'interno non conteneva niente di nuovo, era una rimasticatura delle notizie già pubblicate, che Silvia conosceva a menadito. Solo alla fine c'era un riferimento al titolo. Lesse ad alta voce: «*La pista su cui si sta lavorando è quella dell'incidente. Ovviamente, allo stato attuale delle indagini, gli inquirenti non possono ancora escludere nessuna ipotesi. Neanche, dunque, quella di un gesto volontario della giovane guidatrice o, ancor più clamorosa, di un sabotaggio*». Rivolse lo sguardo all'amica e commentò furente: «È tutto frutto della fantasia malata del giornalista, non c'è alcun indizio concreto: una furbata, di pessimo gusto, per poter sparare un titolo sensazionalistico...».

«Sono delle merde. Per vendere due copie in più ucciderebbero la madre» le fece eco Eugenia. «Appena ho visto il giornale in edicola sono corsa da te, non vorrei che Ernesto lo vedesse...»

«Hai fatto benissimo. Papà non legge questo giornalaccio... Ma non si può mai sapere.»

«Nell'ultima pagina ci sono anche dei necrologi. Quelli puoi farglieli vedere.»

«Grazie, Ge', sei sempre così cara...» le rispose, concedendosi a un abbraccio. «Non so che farei senza di te, sorellina, l'unica che mi è rimasta. Proprio non vuoi salire un attimo?»

«Ora non riesco, devo accompagnare mamma dalla zia Tina. Vengo a trovarti dopo pranzo, se non disturbo...»

«Tu non disturbi mai, anzi, se vieni mi fai un po' di compagnia e magari papà si distrae.»

Prima di tornare al piano di sopra, Silvia ricontrollò accuratamente il tabloid. Strappò la pagina dei necrologi e la piegò in due, infilandosela sotto l'ascella. Poi fece a pezzetti, con rabbia, il resto del giornale e lo gettò nel bidone della carta.

Rientrò in casa e si diresse subito in cucina. Giulio, in pigiama, con i capelli in disordine e gli occhi a fessura per il sonno, stava bevendo in piedi il suo caffè. Suo padre era ancora lì, come una statua, nella stessa posizione e con la stessa espressione persa con cui l'aveva lasciato.

Distese il foglio di giornale sul tavolo.

«Ci sono tanti necrologi per Federica... Vedi papà quante persone le volevano bene?»

Ernesto si scosse dalla sua immobilità con un sussulto. Inforcò gli occhiali, che teneva al collo con una catenella, e allungò il collo per leggere.

«Questo...» gli spiegò Silvia «è dei compagni di scuola, questo del condominio, questo qui dei tuoi ex colleghi di lavoro. E quest'altro...»

La donna si interruppe. Sgranò gli occhi, perplessa.

«E questo qui di chi è?» chiese il padre, alzando lo sguardo verso di lei.

Era l'unico ad avere in testa il simbolo della croce. Ma non era quella la vera anomalia. Il testo recitava:

†

«Chi è costei che sorge come l'aurora,
bella come la luna, fulgida come il sole,
terribile come schiere a vessilli spiegati?»

A Federica con Amore immenso.
P.

«Chi è questo P?» domandò ancora Ernesto. «Il moroso di Fede?»

Silvia imbarazzata rispose: «Non credo proprio, papà, sarà uno dei tanti ammiratori».

Lo sguardo vitreo di Ernesto le fece capire che aveva già perso interesse per la questione.

«Dài papà, preparati, che andiamo in chiesa. Giulio puoi comprare pollo e patate in rosticceria? Dopo la messa andiamo al cimitero e in questi giorni non ho proprio avuto tempo di fare la spesa.»

Durante la funzione, Silvia era sovrappensiero: non riusciva a togliersi dalla testa il necrologio del misterioso P. Era sicura che si trattasse dello stesso uomo che aveva intravisto in chiesa e poi incontrato al cimitero. Si sentiva pervasa da un'eccitazione febbrile, era lì a rimuginare e a fantasticare sulla vita di Federica. Si fermò un momento a considerare che tutto questo fervore era probabilmente eccessivo. Ma, d'altra parte, l'aiutava a non pensare troppo alla morte di sua sorella. Meglio eccitata che depressa, concluse.

L'auto guidata da Silvia giunse nel piazzale del cimitero. Il padre scese e si diresse meccanicamente verso l'unico banco di fiori. L'anziana donna che lo gestiva da tempo immemorabile salutò con riguardo Ernesto che, da quando era morta la moglie, era diventato uno dei clienti più assidui.

«*Sciur* Ernesto, che fiori le do oggi? Guardi che splendore questi gigli…»

«No, i gigli no. A mia figlia non piacevano. Le mettevano tanta tristezza. E poi ne detestava l'odore. Ha delle peonie, per caso?»

«Le avevo l'altro giorno, belle, fresche. Oggi no, mi dispiace.»

«Va bene, allora mi dia delle rose e dei garofani, con un po' di verde attorno. Mi faccia un bel mazzo…»

Silvia intervenne: «Papà, mentre la signora prepara i fiori, perché non ti incammini? Pago e ti raggiungo».

L'uomo la guardò senza capire, ma ubbidì e si diresse con passo affaticato verso l'entrata del cimitero.

«È proprio ridotto male, poverino» commentò la fioraia, appena Ernesto si fu allontanato di qualche metro.

«Eh già…» rispose Silvia, che su questo argomento non voleva darle corda. Fece cadere subito il discorso dove voleva lei: «Hanno comprato qui il mazzo di peonie rosa l'altro giorno?».

«Sissignora» rispose la donna con un certo orgoglio.

«E si ricorda la persona che lo ha acquistato?»

La fioraia si asciugò le mani sul grembiule e si riassettò i capelli, come se si dovesse preparare a una dichiarazione solenne in pubblico.

«E chi se lo dimentica, signora mia. Era un uomo alto, elegante. Ha preso tutte le peonie che avevo senza domandarmi nemmeno il prezzo. Era un mazzo da cento euro, si figuri… Gli ho fatto lo sconto a novanta. Ha pagato senza battere ciglio.»

«Ha pagato in contanti o con la carta?»

«In contanti» rispose lei con aria complice. «A parte che qui il pos non funziona. Ma lui ha tirato subito fuori le banconote. Gli ho fatto lo scontrino, ma se ne è sbarazzato immediatamente gettandolo nel cestino…»

«E ha notato altro?»

«Signora mia, dovrei mantenere la privacy dei miei clienti, ma per lei...»

Silvia la guardò spazientita: «E dunque?».

Una scintilla di malizia attraversò gli occhi della fioraia. Portò la mano alle labbra: «Secondo me era un ministro o un politico, un vip insomma...».

«Che cosa glielo fa pensare?»

«È sceso da una macchina grande e scura, guidata da un autista in divisa.»

«Un autista... Ricorda che auto era?»

«Ah, io di macchine non ci capisco molto. Una importante, di lusso, tipo una Mercedes o una così...»

«E la targa, l'ha vista?»

«No, no. La macchina era parcheggiata lontano e comunque, anche se l'avessi vista, non me la sarei ricordata.»

«E almeno da che direzione è arrivata e verso che parte è andata via se lo ricorda?»

«Quello sì, signora. È andata via in direzione Milano, la stessa da cui proveniva. Ma che mi fa, l'interrogatorio?»

Silvia non rispose. Prese il mazzo di fiori e pagò. Raggiunse con rapide falcate il padre che già contemplava, affranto, la lastra di marmo sotto la quale erano custoditi per sempre i corpi dell'indimenticata moglie e della sua adorata figlia minore.

All'uscita dal cimitero, mossa da una illuminazione, fece accomodare il padre in auto e si recò nuovamente al banco dei fiori. Si fece dare una penna, segnò sopra un foglietto il suo numero di telefono e disse alla donna: «Se quel tipo dovesse tornare da lei, mi farebbe la cortesia di chiamarmi subito?».

La donna la guardò di traverso.

«Sarà adeguatamente ricompensata» aggiunse Silvia, allungandole due banconote da cinquanta euro che la fioraia si ficcò rapidamente in tasca.

«Basta che non finisco nei guai, quelli che ho a casa mi bastano e mi avanzano...»

«Nessuno saprà niente, rimarrà tutto tra me e lei, glielo assicuro» rispose Silvia, voltandole le spalle e allontanandosi rapidamente.

IV

Giorno di nubi e di oscurità

Eugenia si ripresentò a casa di Silvia subito dopo pranzo. Giulio era appena uscito a portare le bambine al parco giochi, mentre Ernesto si era rintanato in camera, sperando forse di riposare un po'.

Silvia fece accomodare l'amica sul divano del salotto, chiuse accuratamente la porta e senza troppi convenevoli andò subito al dunque: «Al di là delle stronzate che ha scritto "Otto pagine", ci sono comunque delle stranezze attorno alla morte di Fede...».

Mise al corrente l'amica di tutte le notizie e gli elementi che aveva raccolto dalla fioraia sul misterioso individuo e della chiacchierata fatta con Veronica. Poi le mostrò il necrologio.

Eugenia rimase pensierosa per una decina di secondi. Agguantò il telefonino e sotto gli occhi di Silvia digitò sul motore di ricerca la frase citata nel necrologio. «È un passo» disse dopo aver scorso qualche testo «preso dalla Bibbia, dal *Cantico dei Cantici*. Il tipo, chiamiamolo "Mister P", deve essere un uomo colto, sicuramente un intellettuale. Secondo te potrebbe essere un collaboratore o un cliente della casa d'aste?»

«Tendo a escluderlo» rispose Silvia allargando le braccia, «per una circostanza. Anche Veronica ha notato Mister P in chiesa, ma ha giurato di non conoscerlo. Sempre che poi l'autore del necrologio e il tizio del cimitero siano la stessa persona...»

«Su quello, secondo me, invece non ci piove» commentò Eugenia. Diede ancora un'occhiata alla pagina del giornale e aggiunse: «Abbiamo pochi elementi. Ma se vogliamo capirci di più, dobbiamo partire da qui, dal necrologio. L'autore è sicuramente un tipo colto, lo abbiamo detto. Ora la prossima domanda che dobbiamo farci è perché Mister P abbia scelto il *Cantico dei Cantici* e, soprattutto, perché abbia selezionato proprio quella frase. Qual era, se c'era, il messaggio che voleva dare?».

Silvia guardò l'amica con entusiasmo. Aveva sempre mostrato una grande intelligenza, ma oggi in quanto a logica stava superando se stessa.

«Nella frase citata da Mister P ci sono due concetti contrastanti: bella e terribile. Sembra proprio il ritratto sputato di Fede» aggiunse Eugenia.

Silvia rise e si accorse che era la prima volta che accadeva da quando sua sorella era morta.

Eugenia proseguì il suo ragionamento: «Se non ha scelto una citazione a caso, e tenderei a escluderlo, sembra quasi che il nostro sconosciuto amico abbia in qualche modo subìto il fascino, ma anche il caratterino di Federica. E questo può essere un elemento importante. C'è un'altra cosa che mi ha colpito. "Amore" è scritto in maiuscolo. Ora, quando si scrive con la maiuscola si intende, generalmente, l'amore spirituale, sacro, l'amore di Dio per le sue creature, per distinguerlo dall'amore carnale, terreno...».

«Sì, vero, Ge'... A parte che per amare mia sorella, di amore spirituale, ce ne vuole.» Silvia rise per la seconda volta. «Però non vedo come queste cose possano esserci utili a scoprire la verità su...»

L'amica la interruppe: «Si vede che non hai letto molti gialli. Quei romanzi ti insegnano che la ricerca della verità è come un puzzle. Quando rovesci la scatola sul tavolo, ti sembra impossibile che riuscirai mai a tirar fuori qualcosa di sensato da quelle miriadi di pezzi. Poi ti siedi e ti rimbocchi le maniche. Con l'impegno o con la fortuna ogni tanto riesci a incastrarne due. Ma è un lavoro improbo, pensi che non lo finirai mai. Con il tempo e la pazienza, invece, le coppiette di tessere aumentano e formi mezza cornice: il quadro complessivo comincia a essere visibile, finché a un certo punto ogni tassello entra, come per magia, al suo posto e il disegno finale appare nella sua interezza».

«Sarà» rispose Silvia sconsolata, «ma per il momento in testa io ho solo nubi scure e fittissime...»

«Perché non proviamo a diradarla un po' questa oscurità? Dài, prendi carta e penna. Metti giù sul foglio tutti gli elementi di cui siamo in possesso. Scriverli aiuta.»

Silvia stette al gioco, più per assecondare l'amica che per convinzione. Ma Eugenia era entrata in modalità comando e nessuno e nulla l'avrebbero potuta più fermare.

«Ora, Silvia, fai un primo elenco a sinistra con tutto quello che sappiamo su Mister P: uomo maturo, elegante e colto, peonie, autoblu con autista, provenienza Milano, necrologio, *Cantico*, bella e terribile, amore con la maiuscola...»

Silvia obbedì.

«Poi nella colonna di destra metti invece quello che riguarda tua sorella. Gli sbalzi d'umore, il periodo bello e il periodo brutto, l'anello scomparso, la sensazione di pericolo e di minaccia.»

«Fatto...»

«Ti ricordi quando andavamo ai lupetti? I capi ci consegnavano un foglio con alcune parole e noi dovevamo imbastire un racconto utilizzandole tutte...»

«Mi ricordo bene, tu eri imbattibile.»

Eugenia sorrise: «Ecco, ora lascia andare la tua immaginazione e prova a raccontarmi una storia con tutti questi elementi».

«Dunque, vediamo... Mia sorella incontra un uomo affascinante e maturo, con cui vive un periodo felice, tanto che lui le regala un prezioso anello. Probabilmente è sposato, perché la loro relazione è tenuta segreta, ed è anche un uomo molto in vista, un politico, una persona pubblica, per questo non vuole assolutamente che la storia con Fede venga alla luce. Poi succede qualcosa di grave, attestato dal cambio di umore di Federica, che da un giorno all'altro non indossa più l'anello...»

«Un gioiello così» chiosò Eugenia «è un pegno d'amore, un simbolo importante. Se Fede non lo portava più, è molto probabile che l'idillio fosse terminato, che qualcosa tra lei e il generoso donatore si fosse rotto. Quello che non sappiamo, invece, è chi dei due abbia lasciato l'altro e, soprattutto, perché.»

Silvia rimase per un attimo a riflettere. Poi proseguì: «Fede da un giorno all'altro diventa di pessimo umore, prova a stordirsi frequentando i vecchi giri, ma non riesce a distrarsi più di tanto... Quindi potrebbe essere lei quella lasciata. D'altra parte, lui al funerale era stravolto dal dolore, nel necrologio parla di amore con la maiuscola, e ci fa capire di essere stato vittima della bellezza e del temperamento complicato e capriccioso di lei. È difficile capire chi abbia lasciato chi. Di certo, viste le reazioni di entrambi, non doveva essere una storiella di poco conto, ma un legame forte».

«Tutto giusto» fece Eugenia, «ma nella tua ricostruzione manca un tassello fondamentale: perché lei si sentiva in pericolo e ricattata? E da chi?»

«Hai ragione... Dunque, provo a riformulare così: mia sorella ha una relazione segreta con un uomo maturo, in vista e con molte probabilità non libero. Tutto sembra procedere bene, si arriva alla consegna dell'anello, finché non accade qualcosa, un fatto, una incomprensione, che rompe l'incantesimo. Federica, sia pure con grande dispiacere, lo molla. Ma Mister P ha perso la testa per lei, non sarebbe il primo, è ossessivamente innamorato, la implora, la controlla, la perseguita, la minaccia. Poi, una volta che lei è morta, per incidente o altro» a pronunciare queste ultime parole un brivido le percorse la schiena, nonostante il caldo, «deve essersi pentito e ha voluto scaricarsi la coscienza dal peso del rimorso, dando una tardiva e inutile testimonianza del suo amore immenso per lei.»

«Brava, Silvia, vedi che qualcosa in più del disegno complessivo ce l'abbiamo?»

«Sì, il gioco è stato interessante e per certi versi anche utile. Ma resto convinta che l'unico modo per ottenere quello che voglio, la verità su mia sorella, sia riuscire ad agganciare in qualche modo il nostro enigmatico Mister P.»

V

La verità germoglierà dalla terra

Venerdì 23 giugno

Passarono altri giorni, caldi e tristi. Silvia aveva quasi del tutto perduto la speranza di imbattersi in Mister P, finché il suo cellulare squillò. Era un numero che non conosceva. Lì per lì pensò che si trattasse del solito call center che utilizzava il deplorevole espediente di camuffare il numero fisso con un numero di cellulare. Ma rispose egualmente, pronta a troncare di netto la telefonata.

«Pronto, sono Maria, la fioraia.»

«Ah, Maria... Mi dica: ci sono novità?»

«Giuro sull'anima del mio povero marito che è la prima e l'ultima volta che lo faccio... Volevo dirle che l'uomo che le interessa è appena passato da me. Ha acquistato un altro mazzo di peonie...»

Due minuti dopo Silvia era già in auto, la pressione cardiaca alle stelle, diretta a gran velocità verso il cimitero. L'auto si arrestò sgommando sul piazzale. Una Mercedes scura era parcheggiata sotto al sole: l'autista, in piedi, si faceva vento con il berretto, cercando un po' di ristoro sotto l'ombra di un platano.

Silvia si infilò rapidamente nel vialetto alberato e raggiunse in breve tempo la tomba della sorella. L'uomo era in piedi, davanti alla lapide, aveva in mano un grande mazzo di fiori rosa e aveva il respiro affannato. Silvia gli si avvicinò senza fa rumore e gli pose una mano sulla spalla.

L'uomo si girò: aveva il volto solcato di lacrime. Non sembrava affatto sorpreso di vederla.

«Lei deve essere Silvia, vero? Federica mi parlava sempre di lei.»

«E lei deve essere P, giusto?»

«Giusto.»

L'uomo la squadrò dall'alto in basso. E aggiunse con voce accorata: «La somiglianza con sua sorella è straordinaria».

«Lei era più bella e più giovane...»

L'uomo scosse la testa e riprese a guardare fisso verso la tomba.

Silvia lo scrutò. Tra i cinquanta e i sessant'anni. Alto, con delle belle mani. Delle sopracciglia folte gli incorniciavano gli occhi scuri e intelligenti. Tutto il suo corpo, lo sguardo, la voce, i gesti trasmettevano compostezza e signorilità.

«Avrei il desiderio di parlarle» gli disse con piglio deciso.

«Le va un caffè?» rispose lui. «Questo non è un posto adatto per una conversazione...»

Silvia annuì e rispose: «Qui attorno non c'è nulla. Bisognerebbe andare in centro».

«Preferirei, se non le dispiace, un luogo più appartato.»

«Potremmo andare al bar del paese vicino, sono solo tre chilometri in direzione Milano...»

«Va bene. Sale con me in auto e poi la riaccompagniamo qui?»

«Preferirei andare con la mia.»

«Certo, certo. Ha ragione, comprendo benissimo. Dirò al mio autista di seguirla.»

«Ho una Ford Fiesta grigia...»

Sostarono ancora un po', in silenzio, davanti alla tomba. Poi l'uomo si inchinò per depositare i fiori e si fece il segno della croce. I due si allontanarono senza parlare, fino al piazzale.

Appena li scorse, l'uomo in divisa abbandonò il fresco dell'ombra, si calcò in testa il berretto e si diresse a passo lesto verso la Mercedes. Silvia notò che Mister P gli aveva fatto cenno, piantandosi l'indice davanti alle labbra, di non aprire bocca.

L'uomo entrò in auto, dietro, con l'autista che teneva aperto lo sportello.

«Marcello, segua l'auto della signora» ordinò.

Dopo neanche dieci minuti Silvia e il suo misterioso interlocutore erano seduti, uno di fronte all'altra, a un tavolino appartato all'interno di un bar di periferia che, a quell'ora del mattino, era senza clienti. In compenso, l'aria condizionata funzionava benissimo.

L'uomo ordinò un caffè ristretto e un bicchiere d'acqua frizzante. Lei chiese una spremuta di arancia, con molto ghiaccio. Bevvero in silenzio. Silvia iniziò a fissarlo, cercando nelle pieghe del viso il bandolo di una intricata matassa. P se ne accorse e abbassò timidamente lo sguardo. Aveva un'aria così malinconica che Silvia cominciò a provare tenerezza per quello sconosciuto che aveva di fronte. Ma un pensiero la richiamò all'ordine: quell'uomo garbato, dai modi eleganti, poteva essere il persecutore di sua sorella e persino il responsabile della sua morte. Decise pertanto di comportarsi con la massima circospezione.

Fu la voce profonda e gentile dell'uomo a rompere il silenzio, carico di imbarazzo: «Silvia, immagino che abbia molte domande in serbo per me».

«Non sbaglia. Ma desidererei prima capire se c'è la volontà da parte sua di raccontarmi la verità. E fino a che punto.»

Mister P si guardò intorno, per assicurarsi che nessuno potesse sentirli. Fece un profondo sospiro e, accennando un timido sorriso, rispose: «Le propongo un patto».

Silvia lo fissò dritto negli occhi, non dissimulando una certa diffidenza: «Un patto? Per accettare, devo conoscerne le condizioni».

L'uomo proseguì: «Le condizioni, anzi, la condizione è molto semplice. Io mi impegno a rispondere con la massima sincerità ai suoi interrogativi, ma lei mi promette solennemente che non farà nulla per conoscere la mia identità. Che gliene pare? Mi sembra un accordo equo».

La donna annuì: «Sì, pare anche a me. Ma come farò a essere sicura che quanto mi dirà corrisponde al vero?».

«E come farò io ad avere la certezza che non userà le informazioni che le fornirò per cercare di scoprire chi sono?»

«In effetti, nessuno dei due potrà completamente fugare il reciproco sospetto...»

«Il rimedio esiste: si chiama fiducia, Silvia. La fiducia è quel sentimento che ci permette di vivere come esseri sociali. Se non esistesse la fiducia, gli uomini vivrebbero impauriti e isolati in una caverna o sulla cima di un albero. Non aprirebbero le porte delle loro case agli ospiti o quelle delle loro città ai popoli alleati. Non si sposerebbero, non costituirebbero famiglie o amicizie o clan, non esisterebbero le città né le nazioni. Sarebbe guerra di ognuno contro tutti. Un inferno. Certo, la fiducia può anche essere tradita. Bisogna esserne consapevoli. I troiani non diffidarono del cavallo di legno e fu la loro fine. Ma senza fiducia il mondo non avrebbe conosciuto la civiltà, il diritto e il progresso... In fondo, perché Dio scaccia Adamo ed Eva dall'Eden? Non certo per il furto di una mela, ma perché hanno tradito la sua fiducia! Ma poi il patto di fiducia, di alleanza, tra Dio e gli uomini viene di nuovo sancito con Noè, dopo il diluvio universale. Senza fiducia il mondo non sopravvive. Qualche rischio va quindi, necessariamente, assunto. Se il gioco vale la candela, è ovvio.»

«E lei, allora, si fiderebbe di me?» chiese Silvia, colpita dal modo obliquo e originale di argomentare.

«Io sì. Lo si capisce dallo sguardo.»

«E che cosa ha di così speciale il mio sguardo?»

«È intelligente e pulito.»

Silvia abbozzò un sorriso: «Io non ho il potere che ha lei di leggere le intenzioni delle persone dagli occhi...».

«I superpoteri non servono. Faccia un tentativo. Che cosa vede nei miei occhi?»

Silvia si protese in avanti, verso il viso di lui.

«Non so dirle, sono occhi vivaci, buoni, ma mi sembrano velati da una profonda tristezza...»

Mister P non rispose. Emise un lungo sospiro. Poi, come a voler scacciare via dei pensieri dolorosi, disse: «Allora, Silvia, lo suggelliamo questo patto di fiducia tra noi?».

«Ho altra scelta?»

«Direi di no. O ci fidiamo l'uno dell'altra oppure possiamo tranquillamente finire le nostre consumazioni e dirci addio.»

«Va bene. Le giuro sulle mie figlie che non indagherò su di lei. Del resto, non mi interessa sapere di lei, mi interessa conoscere la verità su mia sorella.»

«Affare fatto: ci vedremo qui, in questo bar, ogni martedì alle 15, finché la sua curiosità non sarà del tutto soddisfatta. Io mi sottoporrò a tutte le sue domande per sessanta minuti esatti, non uno di più. Le do la mia parola d'onore che risponderò con il massimo della sincerità. Ma devo avvertirla: dubito che troverà mai la verità su sua sorella. La personalità di Federica era un enigma, anche per Federica stessa.»

Silvia annuì pensosa. Ma non vedeva l'ora di cominciare. Tagliò corto: «Posso?».

«Sono pronto.»

«Che rapporto ha avuto con Federica?»

L'uomo esitò un attimo, per cercare le giuste parole.

«Abbiamo avuto una storia di amore. Una storia intensa, travolgente.»

«Quanto è durata, più o meno?»

«Un anno e mezzo, quasi due.»

«Quando mia sorella è morta, eravate ancora… Insomma, la storia era ancora in corso?»

«No, era finita. Anche se certe storie, certi legami non finiscono mai.»

«Da quanto tempo era finita?»

«Ci siamo lasciati più o meno tre settimane prima dell'incidente.»

«Come è stata la rottura?»

«Piuttosto burrascosa, direi traumatica.»

«Da quel momento vi siete più sentiti o visti?»

«No, io non ho voluto più avere nulla a che fare con lei. Federica, invece, ha provato varie volte a ricontattarmi... Anche con delle scuse improbabili.»

«Scuse di che tipo?»

«Be', nell'ultimo messaggio, quattro o cinque giorni prima dell'incidente, mi ha scritto che dovevamo vederci urgentemente, perché qualcuno stava per mettere in grave pericolo la mia reputazione. Era chiaramente un pretesto. Io non le ho mai risposto. Peraltro, non ero nemmeno in Italia.»

«E, allora, come ha fatto a sapere che era morta?»

«Glielo confesso: ogni tanto andavo a sbirciare la sua pagina Facebook. Era più forte di me. Ed è lì che – ero appena tornato in Italia – ho scoperto, dai messaggi di condoglianze dei suoi amici, la terribile notizia.»

«Ha lasciato lei mia sorella o è stata lei a voler interrompere la relazione?»

L'uomo fece una smorfia con le labbra: una sorta di sorriso che si spegneva in un'espressione crucciata.

«Formalmente sono io che ho interrotto il rapporto. Ma, ecco, diciamo che sua sorella aveva posto in essere, consapevolmente, una serie di comportamenti così gravi da rendere del tutto incompatibile la mia permanenza al suo fianco... Ma stiamo già parlando della fine della relazione. Forse per comprendere bene è necessario partire dall'inizio. Che ne dice?»

«Va bene. Ma prima mi interesserebbe sapere una cosa: perché ci tiene così tanto a mantenere riservata la sua identità?»

«Obiezione, vostro onore» rispose lui con un bel sorriso

aperto, «la domanda è tendenziosa e mira a conoscere elementi utili a scoprire la mia identità.»

«Ok, ok… D'accordo. Provo a riformularla. La vostra era una relazione clandestina o alla luce del sole? Qualcun altro, insomma, sapeva del vostro rapporto?»

«No, a saperlo eravamo solo Federica e io. E ora, Silvia, lo sa anche lei. A dirla tutta, però, c'è un'altra persona che è più o meno al corrente del nostro legame. Non lo ha però appreso mentre la relazione era in corso, ma subito dopo, quando ormai era tutto finito.»

«Questa segretezza del vostro rapporto mi fa arguire che lei è un uomo sposato, impegnato, non libero, insomma…»

«Non libero: mi pare una definizione perfetta.»

«Ha figli?»

«Sì. Numerosi.»

«Mia sorella, quando vi siete conosciuti, era al corrente di questa sua condizione di… ehm… "non libero"?»

«Assolutamente sì, fin dal primo incontro.»

«Ok… Mi racconta come vi siete conosciuti?»

«Ero a Milano, in centro, a tenere una conferenza, ma non mi chieda né il luogo né l'argomento. Sarebbero elementi che renderebbero facile la mia identificazione.»

«Va bene…»

«Alla fine del mio intervento, una giovane donna dal fondo alza la mano e comincia a farmi domande polemiche e a contestarmi. In un modo vivace, a tratti insolente. Una situazione così spiacevole non mi era mai capitata. Rispondo a tono, spazientendomi. E lei ancora a ribattere, colpo su colpo. È un botta e risposta serrato, un vero corpo a corpo, dove ognuno alla fine rimane sulle posizioni di partenza. Le confesso che stavo quasi per mandarla al diavolo. Decido di terminare la conferenza, saluto i presenti e mi alzo. La ragazza, però, mi si avvicina. Io, spavaldamente, le dico che avevamo avuto troppo poco tempo a disposizione e che se ne avessimo avuto di più, sarei riuscito a convincerla della bontà dei miei ragionamenti e a confutare i suoi, che erano fallaci. Lei, allora, con la sua espressione impertinente, tira fuori un foglietto, ci scrive sopra il numero di cellulare, il suo nome, e me lo consegna, fissandomi negli occhi e tenendomi per un attimo la mano. Riesce a indovinare che nome potesse essere?»

«Non ci vuole molta fantasia... Federica.»

«Esatto. Poi gira i tacchi e si dilegua, ancheggiando.»

«Tipico suo. Mi pare quasi di vederla... E lei cosa ha fatto? L'ha chiamata subito?»

«A dirle il vero, no. Avevo molte cose da fare e quella sera e nei giorni successivi mi passò di mente. Dopo una settimana o poco più, infilai la mano nella tasca della giacca e mi ritrovai quel foglietto con il nome e il numero di telefono. Rimasi a guardarlo, incerto sul da farsi. Da una parte non volevo dare soddisfazione a una giovinastra presuntuosa e saccente e pensavo che la migliore lezione per lei fosse quella di ignorarla. Dall'altra, la sua caparbietà, la sua sfrontatezza rappresentavano una sfida troppo allettante per il mio ego, per la mia superbia. Mi aveva pubblicamente contraddetto e persino un po' umiliato. Volevo avere ragione di lei, volevo distruggerla intellettualmente!»

«E dunque la chiamò...»

«Sì. Non rispose subito. Mi arrivò un messaggio, di quelli già predisposti: "*Non posso rispondere, se è urgente scrive-*

temi su WhatsApp". Le scrissi chi ero e le diedi una fascia oraria in cui, se voleva, poteva chiamarmi. Non lo fece subito, sicuramente era una tattica, ma dopo un paio di giorni, quando ormai io mi ero di nuovo dimenticato di lei. La riconobbi immediatamente dalla sua voce un po' nasale e cantilenante. Una voce lenta, bassa, ipnotica. Fissammo senza troppi convenevoli un appuntamento per la sera stessa, alle 19, in un bar del centro, a due passi da piazza Duomo. Mi fece aspettare, apposta, un buon quarto d'ora. Poi arrivò e si scusò per il ritardo. Inutile dirle che dopo appena cinque minuti di discussione sul tedioso e fumoso argomento sul quale ci eravamo accapigliati alla conferenza, cominciammo a divagare e finimmo a ridere e a scherzare, come se fossimo vecchi amici. Sua sorella era simpatica, accattivante, vivace. E la sua risata era contagiosa. Dopo un'oretta, ci salutammo. Ero sicuro che non l'avrei più rivista.»

«E invece?»

«Invece dalla sera stessa cominciò tra noi una fitta conversazione su WhatsApp. Mi propose immediatamente un gioco cognitivo, così lo chiamava lei, una sorta di questionario di Proust, lo ha presente?»

Silvia arrossì lievemente: «No, non ne ho mai sentito parlare...».

«È un particolare, non molto noto, della vita dello scrittore. Proust accettò di rispondere a una trentina di domande sul suo carattere e sui suoi gusti formulategli da un'amica. Quel questionario è passato alla storia ed è in voga ancora oggi. Il gioco di Federica era qualcosa del genere, ma lei aveva aggiunto delle regole tutte sue che mi scrisse prima di iniziare. Se non ricordo male erano: si fa una domanda per ciascuno; non si può mentire ma si può non rispondere; non si possono ripetere, neanche sotto altra forma, le domande già formulate da uno dei due giocatori.»

«Sembra proprio il gioco della verità che facevamo con mia sorella da bambine...»

L'uomo abbozzò un sorriso: «Più o meno, esatto». Poi riprese a raccontare: «Stabilimmo che per ogni giorno dovevamo scriverci su WhatsApp al massimo cinque domande ciascuno».

«Può farmi un esempio di queste domande?»

«Un po' di tutto: dal colore o dal piatto preferiti, alla definizione di felicità, al libro più importante per la nostra vita, al difetto più evidente, al numero di partner avuti. Andammo avanti così per giorni, le domande e le risposte erano argute, provocanti, divertenti. E la maggior parte delle risposte denotava una forte affinità tra di noi. Fui persino sorpreso che una giovane, con quasi vent'anni meno di me, avesse gusti così simili ai miei.»

«Del tipo?»

«Sulla musica, per esempio. Io sono un appassionato di classica, soprattutto di Beethoven. E lei mi scrisse che ascoltava Beethoven continuamente, che era il suo compositore preferito.»

Silvia lo guardò incredula: «Non conoscevo questi gusti musicali di Federica. Pensavo amasse un altro genere, molto più leggero. Ma di lei non mi sorprende più nulla... Altri esempi?».

L'uomo rimase un attimo a pensare: «Il suo libro preferito? *I fratelli Karamazov*, che è anche il mio. La città straniera che amava di più al mondo? Praga. La stessa mia scelta. Il regista più amato? Ingmar Bergman, che io adoro. E tante altre».

Silvia era perplessa. Non ce la vedeva proprio sua sorella in giro per Praga, ad ascoltare Beethoven e a leggere Dostoevskij. E, per quanto ne sapesse, Federica non aveva mai visto un film di Bergman. Forse nemmeno sapeva chi fosse. Il racconto dell'uomo, che fino a quel momento le era sembrato sincero, cominciava a fare acqua da tutte le parti.

Mister P continuò: «Il gioco delle domande ci permise, quasi senza accorgercene, di conoscerci, di aprirci l'un l'altra, di entrare in confidenza. Tutto questo avveniva a distanza di sicurezza, senza alcun proposito dichiarato di rivederci. Questa circostanza mi rassicurava: il nostro rapporto, per quanto diventasse ogni giorno più intimo, era solo virtuale e per me sarebbe stato destinato a rimanere tale. Pensi: per giorni e giorni solo messaggi scritti, neanche una telefonata. E invece...».

«Che cosa accadde allora?»

«Il gioco conobbe a un certo punto una svolta improvvisa. Una sera, era tardi, avevo inviato a sua sorella questa domandina: se avesse un sogno che voleva assolutamente realizzare. Lì per lì non mi rispose. Attesi un'ora o due, poi mi addormentai. La mattina successiva guardai il cellulare e c'era un messaggio di Federica. L'aveva scritto alle quattro di notte. Era passata al tu, fino a quel momento ci davamo del lei. Ed era la risposta al mio interrogativo. Semplice, schietta, ma dal significato inequivocabile: "*Sì, ce l'ho, quello di rivederti di nuovo*". Quelle parole mi gelarono il sangue. Ero in giro per l'Italia per incontri e conferenze. Non era previsto un mio ritorno a Milano in tempi brevi.

Onestamente, quel gioco mi aveva appassionato e divertito, tuttavia l'idea di rivederla non mi era mai passata per la testa. Avrei dovuto risponderle che quel suo desiderio sarebbe stato disatteso, che mai avrei accettato un nuovo appuntamento con lei. Invece, caddi nel tranello... Due giorni dopo, mosso da una forza irresistibile, ero di nuovo a Milano, per incontrare Federica.»

Silvia si irrigidì: «Mi scusi se mi permetto. Da quello che mi ha appena raccontato, se di tranello si tratta, mi pare che lei ci sia cascato intenzionalmente, insomma non mi sembra che abbia opposto grande resistenza...».

«È vero, lo ammetto. Ma le posso giurare che andai a Milano più per curiosità che con intenzioni, come dire, galanti. Mi ero anche preparato mentalmente un discorsetto del tipo: che quella sarebbe stata l'ultima volta, che anche il gioco delle domande sarebbe ben presto finito, che la mia condizione di "non libero" imponeva di interrompere ogni contatto.»

«E invece come andò a finire?» Silvia era poco convinta e non fece nulla per nasconderlo.

«Giunsi a Milano in treno da Roma. Era il tardo pomeriggio di una domenica di giugno, di due anni fa. Avevamo appuntamento nei pressi di piazza Duomo. Uscii dalla stazione, diluviava. Non avevo né impermeabile né ombrello. E di taxi nemmeno l'ombra. La chiamai sul cellulare per annunciarle che avrei tardato. Federica allora si offerse di venire a prendermi con la sua auto, la Bmw azzurra metallizzata. Accettai di buon grado. Entrammo in un parcheggio sotterraneo. Ma non uscimmo più. Dopo neanche tre minuti ci stavamo baciando abbracciati dentro la macchina. Devo essere sincero: sovrastimai la mia forza d'animo, la mia capacità di resistere alle tentazioni e sottovalutai la potenza seduttrice di sua sorella.»

«E no, caro signore. Ora tocca a me muovere obiezione. Federica era un bel tipo e ci sapeva fare, sicuramente. Ma lei continua a dipingersi come quei marinai fatalmente sedotti dal canto delle sirene. Da un uomo come lei, che appare o desidera apparire tutto d'un pezzo, mi sarei aspettata che si comportasse come Ulisse, che si fece legare dai suoi compagni all'albero maestro della nave! Mi ricordo cosa ci diceva la suora che ci faceva catechismo a scuola: cari ragazzi, non è affatto facile resistere a una tentazione quando questa ti passa accanto. L'unico modo per essere sicuri di farcela è quello di evitare di essere tentati, ossia di starne alla larga, a debita distanza. Lei invece, la tentazione, l'ha cercata, anzi ci si è tuffato a capofitto...»

L'uomo reagì con un moto di stizza, più indirizzato verso se stesso che verso Silvia. Si alzò bruscamente: «Mi deve scusare lei adesso, ma devo andare. Si è fatto tardi».

Silvia pensò di averlo offeso e temette che quel primo incontro sarebbe diventato anche l'ultimo. Ma lui, congedandosi, le porse la mano e la rassicurò: «Ci vediamo qui martedì prossimo, alle 15 in punto, così continuiamo con le domande».

Silvia gli corse dietro, lo afferrò per un braccio e quasi gli urlò: «Mi scusi, ma se poi lei non potesse più venire? O se io avessi un contrattempo? Rischiamo di non rivederci, di perderci... Le posso dare il mio numero o la mia mail, che ne pensa?».

L'uomo la guardò con un sorriso un po' beffardo: «No,

niente numeri di telefono, ho già sbagliato una volta. Con sua sorella».

Silvia divenne paonazza e pensò tra sé: “Ammazza, che stronzo”.

Ma Mister P aggiunse: «Si faccia dare il numero di telefono di questo bar. Se le dovesse accadere qualche impedimento, lasci un messaggio qui, al barista. Io farò altrettanto. E, comunque, se per caso dovesse saltare un appuntamento, resta fissato che ci rivedremo il martedì successivo, sempre alle 15».

VI

Le sue foglie non cadranno mai

Guidando verso casa, Silvia rimuginò a lungo su quel brandello di conversazione e, soprattutto, sul suo interlocutore. La sensazione ricavata era stata di un uomo interessante, pacato e dotato di grande fascino. Un personaggio insolito, autorevole, originale, perfino sorprendente, così diverso da quelli che frequentava la sorella nel suo giro milanese, ma anche dai suoi amici di provincia. Non era poi così strano che ne fosse rimasta ammaliata. Nonostante la vita l'avesse resa ambiziosa e un tantino opportunista, Federica era irrimediabilmente attratta da persone mature, colte, argute e con un alto quoziente intellettuale. Con la sua bellezza non appariscente e la sua sottile spregiudicatezza aveva sedotto una schiera di uomini, belli, ricchi, potenti, giovani e meno giovani, spremendoli come limoni e gettandoli via senza pietà. Sapeva bene che uso fare della sua avvenenza. Ma Mister P, Silvia ne era sicura, non era tipo da lasciarsi irretire facilmente. Dava la sensazione di essere una fortezza inespugnabile. Una circostanza che aveva di sicuro scatenato la sfrenata passione dell'irrequieta sorella per le sfide impossibili. Quanto a Mister P, non ce lo vedeva proprio nei panni del persecutore né, tantomeno, in quelli dell'assassino di Federica. Era un'ipotesi assurda, persino ridicola. Ma, per altro verso, che ne sapeva di lui? E, poi, giornali e tv non riempivano le pagine di cronaca con le notizie di uomini insospettabili che avevano ucciso le proprie compagne per gelosia, possesso o per un semplice diverbio? Senza distogliere lo sguardo dalla strada, rovistò nella borsa e ne cavò fuori il cellulare.

«Ciao Ge'. Non ci crederai, ma ho appena agganciato Mister P!»

L'amica trattenne a stento un gridolino di eccitazione: «Dài, pazzesco. Raccontami tutto!».

Silvia non si fece pregare. Descrisse con dovizia di particolari l'incontro, le sensazioni avute, riportò quasi letteralmente le parole dell'uomo. Eugenia ascoltava trattenendo il fiato. Alla fine del racconto domandò a bruciapelo: «La targa l'hai presa?».

«La targa? In che senso?»

«Tesoro mio, sei proprio una sprovveduta. Il numero di targa dell'auto!»

«Veramente no... Avrei dovuto?»

«Ma certo! Per la tua sicurezza. Non sai che basta collegarsi al sito dell'Aci, pagare qualche decina di euro e si risale all'intestatario della macchina?»

«Uh» rispose Silvia, sentendosi veramente una stupida, «non ci ho proprio pensato. Però mi sono impegnata con lui a non fare ricerche per scoprire la sua identità, ricordi?»

«Bisogna intanto vedere se anche lui sta ai patti...»

«Sicuramente, ma non voglio essere io la prima a romperli.»

«Ok, facciamo così: la prossima volta la targa te la annoti

e me la mandi, non facciamo alcuna ricerca, ma la teniamo lì. Da usare solo in caso di emergenza, come gli estintori.»

Silvia rise alla battuta e concluse: «Va bene, sorellina, martedì prossimo farò come dici. Ma dammi invece un consiglio, sono molto perplessa».

«Spara, ti ascolto.»

«Che cosa faccio con Giulio?»

«Apri la pattumiera e ce lo getti dentro!»

Era un gioco consolidato. Silvia lo sapeva bene: a Eugenia suo marito non era mai andato a genio. Un bravo ragazzo, così lo considerava, ma insulso. Come darle torto? Era tutto e solo calcio, Formula 1 e bodybuilding. Nessun guizzo, nessuna passione artistica o culturale, nessuna curiosità intellettuale. La sua migliore amica non era mai riuscita a digerire che una ragazza studiosa e sensibile come lei si fosse accontentata di un tipo così ordinario. E il fatto che, dopo essersi presa una laurea in Statistica, si fosse rassegnata a fare la casalinga. Ma del resto Eugenia, con i suoi sogni di gloria, la sua presunzione, i suoi studi di psicologia e le sue letture raffinate che fine aveva fatto? Aveva un lavoro part time nella biblioteca del Comune ed era rimasta zitella... Meglio una felicità ordinaria ma possibile, fatta di piccole cose, di tanti attimi felici, piuttosto che rincorrere per tutta la vita aspirazioni e desideri irrealizzabili. Silvia, almeno, la pensava così. E poi Giulio, pur con tutti i suoi limiti oggettivi, le voleva bene ed era un padre meraviglioso.

«Ma smettila, Eugenia! Ti sto chiedendo una cosa seria. Glielo dico o no di questo incontro di oggi?»

«Mmm, non lo so. Da una parte ti direi di no, perché geloso e sospettoso com'è potrebbe mettersi a fare mille domande, e finirebbe con il proibirti di incontrare Mister P. Dall'altra, forse sì, perché se qualcuno gli riferisce di averti vista in compagnia di un uomo affascinante in uno squallido bar di periferia dotato di camere da letto al piano di sopra... Sai che casino?»

«Grazie tante. Bell'aiuto che mi hai dato! Non mi hai detto cosa fare, hai solo rafforzato i miei dubbi. E poi, spiegami, che ne sai che quel bar ha le camere da letto?»

«Dài, Silvia... Lo sanno tutti che quello è uno scannatoio frequentato da coppiette clandestine: si chiama Il Baretto ma lo conoscono tutti come il "Bar-letto"!»

Silvia trasalì e quasi dovette inchiodare per evitare di tamponare la macchina davanti, che si era fermata a uno stop.

«Ma che dici?»

«Magari c'è stato con Federica, e magari ti ci ha portata apposta.»

«Piantala! Per favore, non ci voglio nemmeno pensare. E poi figurati se Fede, la principessina, avrebbe accettato un invito in quel posto, abituata com'era allo sfarzo degli hotel a cinque stelle. Guarda che poi sono stata io, ora che ci penso, a proporgli di vederci in quel bar...»

«Sì... Forse stiamo lavorando troppo di immaginazione.»

«Già. Come se la realtà che stiamo vivendo non fosse abbastanza fantasiosa.»

«Non ti lamentare, Silvia. Mi hai sempre detto che vivi una vita noiosa, in una cittadina in cui non succede mai nulla, con un marito altrettanto noioso...»

Silvia non raccolse l'ultima provocazione. «Sai che ti dico, Ge'? Che se non ci fosse di mezzo la morte di mia sorella, questa storia potrebbe persino piacermi...»

«Di sicuro ti distrae. E male non ti fa. Ma mi raccomando: prudenza. Ricordati sempre che quell'uomo potrebbe aver minacciato Fede o, addirittura, manomesso l'auto.»

«Guarda, proprio non ci credo. Ha lo sguardo così buono. Però hai ragione tu, è sicuramente un uomo ferito. Meglio essere accorta. E con Giulio che faccio? Dài, sbilanciati!»

«Io farei così. Stasera non gli direi un bel nulla. Poi per le prossime volte ci penserai. Hai tutto il tempo che vuoi per farlo e per trovare le parole giuste da usare.»

«Mi hai convinta. Farò così. Ho la testa che mi scoppia e stasera proprio non reggerei una litigata con Giulio.»

Arrivata a casa, andò subito ad abbracciare il padre che, affondato nella poltrona, seguiva un programma in tv con scarsa convinzione. Poi entrò nella stanza delle bambine, che stavano facendo i compiti, e si fermò con loro ad aiutarle. Quando, un paio di ore dopo, Giulio fece ritorno dal lavoro, lo accolse festosamente.

«Bambine, correte, è tornato papà.»

Lo guardò con tenerezza, mentre prendeva in braccio le due piccole. Ma fu immediatamente colta da un pensiero tremendo. Non gli aveva mai mentito o nascosto nulla e non si sentiva affatto a posto con la coscienza. La sua carriera di bugiarda – o, nella migliore delle ipotesi, di reticente – cominciava da quella sera. Era anche questa, pensò con disappunto, un'ulteriore, nefasta conseguenza della morte di Federica.

Il mattino successivo, Silvia ricevette una telefonata da un numero anonimo, che le tinse ancor più di nero la giornata. Decise di parlarne subito con Eugenia.

«Ciao, sono Silvia. Mi ha chiamato uno sconosciuto, da un numero riservato. Mi ha detto di essere un amico milanese di Fede, Mario, o qualcosa di simile. Mi ha fatto delle strane domande a proposito del monolocale a Milano. Sostiene che mia sorella gli aveva dato le chiavi tempo fa, che ora non trova più, e che ha lasciato della roba lì dentro che dovrebbe recuperare con la massima urgenza. Voleva sapere da me quando sarei andata a Milano per visitare l'appartamento, perché avrebbe voluto esserci anche lui...»

«Uhm... E tu che gli hai risposto?»

«La verità, che ancora non mi sentivo pronta a entrare in quella casa. E che quando avrei deciso di andarci glielo avrei comunicato. Gli ho chiesto se mi lasciava un suo recapito per avvisarlo e a quel punto ha improvvisamente troncato la telefonata.»

«E non ti ha richiamata?»

«No... Pensavo fosse caduta la linea, sono stata lì per un po' ad attendere. Invece nulla.»

«Davvero strano. La sua voce ti ricordava qualcuno?»

«Parlava a bassissima voce, con tono metallico...»

«Esistono degli aggeggi che camuffano la voce. Potrebbe essere stato Mister P? Se ha avuto una lunga storia con Fede è abbastanza plausibile che potesse avere le chiavi e che magari avesse qualche cosa da recuperare.»

«Non mi sembrava proprio la sua voce. Poi se fosse camuffata o meno non saprei dirti, ma a che scopo? Se aveva qualcosa da recuperare in quell'appartamento, ieri poteva tranquillamente chiedermelo.»

«Dipende da che cosa intende recuperare... Se fosse, per dirti, roba compromettente o di valore non lo verrebbe a raccontare a te. Comunque: mi pare chiaro che chiunque fosse al telefono era preoccupato di sapere se tu eri già andata nell'appartamento di Federica. Evidentemente lì dentro ci deve essere qualcosa di dannatamente importante per lui... Forse il famoso anello?»

«E tu a questo punto che cosa mi suggerisci di fare?»

«Dovresti andare a casa di Federica al più presto, prima che ci vada lui!»

«Ge', davvero, ancora non me la sento...»

Eugenia stette in silenzio per qualche secondo. Poi esclamò: «Allora ci vado io. Domani mattina sono libera, passo prima da te a prendere le chiavi».

Alle 8 in punto della mattina seguente Eugenia era con la sua macchina sotto casa di Silvia, che scese e le consegnò un mazzo di chiavi, dentro una busta.

«Mi fanno impressione» disse. «Sono quelle che mi ha riconsegnato la polizia insieme ai suoi effetti personali e al cellulare completamente distrutto dopo l'incidente... C'è sangue dappertutto.»

«Non ci pensare adesso. Dovrei arrivare a destinazione tra un'ora e mezza. Ti chiamo appena sono lì.»

Silvia fu colta da un'improvvisa ansia: «Ge', non è che ti vai a cacciare nei guai? Non sarà rischioso?».

«Ma figurati, cosa vuoi che succeda? Siamo in pieno giorno...»

«E se ti dovessi imbattere nello sconosciuto della telefonata? Se magari te lo trovi dentro casa?»

«Allora mi metterò a urlare!»

«Te la senti davvero di andare senza di me?»

«Dài, fammi partire che nel pomeriggio sono di turno.»

Silvia seguì con lo sguardo la piccola auto rossa che si

allontanava, fino a che svoltò sul viale a destra, in direzione Milano, e sparì dalla vista. Tornò a casa pensierosa e sempre più pentita di aver lasciato l'amica da sola.

Dopo un paio d'ore circa, il cellulare squillò. Era una videochiamata. Rispose sollevata e subito le apparve sullo schermo il viso sorridente di Eugenia.

«Ciao» le disse, «ma sei già arrivata?»

«Silvia, sono passate due ore… Ho parcheggiato non lontano da qui e ora sono dentro casa.»

«E che cosa hai trovato?»

«Un grande casino, una specie di megastore di marchi di moda. Guarda tu stessa…» Eugenia puntò la telecamera del telefono verso la stanza. Le sedie, il tavolo, il divano, il letto a due piazze, erano pieni di vestiti, pantaloni, gonne, biancheria intima, magliette, camicie. C'erano indumenti ovunque. Eugenia commentò: «Sembra che sia scoppiata una bomba».

Silvia sorrise: «Da questo punto di vista, mi sembra ordinaria amministrazione. Diciamo che l'ordine non era una delle priorità di mia sorella… Ma al di là del caos vedi qualcosa di strano?».

«Per il momento no… Sembra essere tutta roba di Federica.»

«Ci deve essere un portagioie vicino al comodino o da qualche altra parte. Vediamo se troviamo il famigerato anello.»

Eugenia si guardò intorno e notò accanto al letto un piccolo scrigno di cuoio. Lo depositò sul tavolo da pranzo e lo aprì. «Qui» riferì a Silvia, «ci sono decine e decine di paia di orecchini, d'oro bianco, rosso o giallo, alcuni con i brillanti… Un paio di orologi di alta oreficeria. Ma di anelli, no, neanche l'ombra.»

«Gli orecchini erano la passione di mia sorella che, curiosamente, non indossava mai né bracciali né collane. E neanche anelli: non l'ho mai vista con uno di questi al dito… Ma chissà che fine ha fatto quello con gli smeraldi! Potrebbe averlo davvero perduto? Proseguiamo nella ricerca.»

Eugenia si spostò, aprì e ispezionò gli armadi, al cui interno tutto era invece collocato in perfetto ordine: traboccavano di vestiti eleganti di ogni foggia. Poi passò a controllare l'enorme scarpiera, strapiena di scarpe di ogni tipo e colore, con tacchi di tutte le misure: d'oro, d'argento, nere, blu, rosse, ricoperte di cristalli o di fiori di stoffa e poi sandali, sneaker, stivali, ballerine, polacchine…

«C'è un capitale qua dentro» commentò Eugenia. «Federica ci si poteva quasi comprare casa.»

«Credo che in quanto a numero di scarpe mia sorella fosse seconda solo a Imelda Marcos» ironizzò Silvia.

Eugenia si spostò verso l'angolo cottura, il lavello era pieno di piatti e bicchieri sporchi. Aprì il frigorifero e fece una smorfia di disgusto.

«Che succede, Genina?»

«Una puzza di muffa che non ti dico… Cibi scaduti e avariati. Un vaso grande di yogurt, delle uova risalenti alle guerre puniche e tante bottiglie di champagne.»

«Anche qui siamo nell'ordinaria amministrazione. Mia sorella conduceva una vita molto bohémienne…»

Sempre con il telefono in mano, Eugenia si spostò nel bagno. Un accappatoio per terra. Un asciugacapelli appoggiato sul lavandino, ancora attaccato alla presa elettrica. Dalla doccia scendevano ritmicamente delle gocce d'acqua.

«A parte la doccia che perde e un capitale in trucchi, creme e profumi, qui non c'è nulla.»

«Vai alla scrivania e vedi se c'è qualcosa di interessante.»

Eugenia ubbidì.

«Ci sono carte ovunque, disegni, fotocopie di articoli e di immagini di oggetti di antiquariato, fogli con scarabocchi e appunti. Non mi sembrano di alcuna utilità, ma li prendo. Non si sa mai.»

«Guarda nei cassetti, lì Fede teneva le cose importanti.»

«Nel primo c'è una marea di ricevute, bollette, scontrini. Ti faccio vedere...»

Non fece in tempo a finire la frase che il campanello di casa trillò con energia.

«Cazz...» si fece scappare Eugenia.

«Non aprire assolutamente!»

«Eh, ma se non apro non sapremo mai chi ha suonato.»

«Non fare la scema, fermati!»

Ma Eugenia era già dietro la porta.

«Chi è?» chiese con voce tremante.

«Sono Inés, la vicina...»

All'udire quel nome femminile sia Silvia che l'amica tirarono un sospiro di sollievo. Eugenia aprì.

«Buongiorno. E tu chi sei?»

«Sono un'amica intima di Federica...»

«Scusa, ho sentito dei rumori provenire dall'appartamento e mi sono affacciata» disse con forte accento sudamericano. «Abbiamo saputo di Federica e siamo tutti sconvolti.

Io abito qui di fronte e spesso Fede veniva a fare due chiacchiere e a fumarsi un *cigarillo* sul mio balcone...»

Eugenia la scrutò. Era una donna tarchiata, sulla cinquantina, con la pelle olivastra, i capelli tinti di un biondo tendente al giallo, il viso eccessivamente truccato. Da sotto la spallina della canottiera, faceva capolino il tatuaggio a tre colori di un enorme drago che sputava fuoco delle fauci. Era con ogni probabilità una prostituta.

Inés proseguì: «*Éramos buenas amigas.* Io le prendevo la posta, i pacchi, e quando non c'era per molti giorni venivo qui a innaffiarle i fiori. Non sai quanto ci teneva alle sue piantine... Lei in cambio mi faceva piccoli regali».

«Che tipo di regali?»

«Mah, abiti che non metteva più, cioccolatini, oppure trucchi o profumi, bigiotteria, *cigarillos*... Qualche volta *dinerito*, soldini.»

«E negli ultimi tempi, Inés, hai notato nulla di strano?»

«Una cosa sì... Era *asustada*, preoccupata. Un giorno, sarà stato un mese e mezzo fa, mi ha bussato di notte alla porta e con fare misterioso mi ha consegnato una scatoletta, pregandomi di tenerla nascosta per un po'. Io ero con un cliente... Ma le ho aperto lo stesso.»

«Di che cosa ti occupi?» chiese Eugenia con aria sorniona.

«Faccio compagnia alle persone sole...»

Silvia dovette sforzarsi per non esplodere in una fragorosa risata. Eugenia proseguì impassibile: «E senti, Inés: Federica ti aveva spiegato il perché di tanto mistero?».

«No... E io non gliel'ho mai chiesto.»

«E dov'è ora questa scatoletta?»

«*En mi casa*, nascosta in un luogo sicuro.»

«Possiamo vederla?»

Inés alzò lo sguardo in alto e gonfiò le guance. Era palesemente in imbarazzo. Rispose: «Di sicuro era qualcosa a cui Federica teneva tantissimo. Ma non so se faccio bene a consegnarla a te. Vorrei darla a qualcuno che ne ha diritto, una parente… Federica non aveva una *hermana*?».

«La sorella c'è, si chiama Silvia e sta qui con me in videochiamata» rispose Eugenia, piazzandole il telefono sotto il naso.

Silvia si sentì in dovere di abbozzare un sorriso e di salutare con la mano: «Ciao Inés, sono Silvia, ti ricordi di me? Ci siamo incontrate una volta sul pianerottolo».

Inés scrutò lo schermo che trasmetteva l'immagine remota di Silvia. Trasalì.

«Sì, sì, Silvia… Ti riconosco. Sei talmente uguale a tua sorella che per un attimo non mi veniva un colpo! Ho pensato che ci fosse lei dentro al telefono. Vado a prendere la scatola… Torno subito.»

Silvia, appena la donna sparì dentro il suo appartamento, commentò con Eugenia: «Mi sa che abbiamo fatto bingo!».

«Lo penso anch'io, ma aspettiamo…»

«Sì, certo, aspettiamo.»

Inés tornò dopo due minuti. Era trafelata e recava in mano una scatola di cartone bianca con uno stemma nobiliare d'oro sul coperchio.

«Ecco qui» disse.

«Inés» le chiese Eugenia con tono inquisitorio, «per caso sai che cosa c'è qua dentro? Hai mai aperto questa scatola?»

La povera donna divenne paonazza e rispose: «*No, nunca! Lo juro*».

Eugenia infierì: «Inés, alza la mano destra, metti la sinistra sul cuore e ripeti con me: "Corna di bue, rosa dei venti..."».

La donna, non si sa se più perplessa o più impaurita, obbedì.

«Corna di bue, rosa dei venti...»

«... a chi spergiura cascano i denti.»

Silvia scoppiò a ridere e dovette mettersi la mano davanti alla bocca per non farsi sentire. La formula del giuramento era la stessa che usavano lei ed Eugenia alle elementari per suggellare patti e promesse.

Inés ripeté tutti i versi della filastrocca ed Eugenia la guardò soddisfatta: «Ora il giuramento è valido. Possiamo fidarci di te».

Inés le rivolse uno sguardo misto di sollievo e di riverenza.

«Inés, dimmi un'altra cosa, poi ti lascio andare... e ricordati che sei ancora sotto giuramento.»

L'altra annuì.

«Hai notato se negli ultimi tempi c'era qualcuno che faceva visita a Federica?»

«Non vorrei, ecco, sembrare pettegola... Oppure offendere Silvia, la sorella. Ma, insomma, nella sua casa c'era un viavai di gente...»

Eugenia sembrava una investigatrice professionista: «Uomini o donne?».

«Amiche, amici, *muchos maricones*, gay insomma, c'era sempre gente che faceva festa... Gente elegante, importante. Quando Federica organizzava dei party in terrazza, dovevi vedere qui sotto le auto parcheggiate: Porsche, Ferrari, Mercedes...»

Silvia si intromise chiedendo: «A proposito, hai mai visto arrivare una Mercedes scura guidata da un autista?».

«Mercedes *muchas*, ma con autista no, non mi pare proprio...»

Eugenia incalzò: «Ma c'era qualcuno che Federica vedeva, di recente, con più frequenza?».

«Be', sì. Negli ultimi mesi vedevo spesso con lei un tipo sulla cinquantina, dall'aria giovanile e sempre vestito perfettino, con capi firmati... Veniva sempre insieme a lei, qualche volta lo vedevo uscire da solo. Ma non doveva avere le chiavi, perché Federica non voleva lasciarle mai a nessuno, nemmeno a me...»

«Era un tipo alto e brizzolato?»

Silvia trattenne il fiato.

«No, era di statura normale e castano chiaro, quasi rossiccio. Era palestrato e sempre abbronzato. Aveva una cosa buffa: i capelli. Sembravano crespi o cotonati, forse portava il parrucchino o aveva una specie di riporto...»

No, pensarono nello stesso momento le due amiche, quella descrizione non si attagliava affatto a Mister P. Condivisero a distanza un senso di sconforto: la pista investigativa sulla quale avevano lavorato con tanto entusiasmo le aveva condotte a un punto cieco. Ora bisognava ricominciare da capo.

«Ah, a proposito, *chica*. Stavo per dimenticarlo. Quel tipo con i capelli buffi» aggiunse Inés con aria pensierosa, «l'ho intravisto una volta anche dopo la morte di Federica. Stavo uscendo di casa e ho notato che stava armeggiando sulla porta di Federica. Appena mi ha visto, ha mormorato qualche parola di scusa ed è andato via, per le scale. Non credo sia riuscito a entrare...»

«Interessante» commentò Eugenia. Congedò Inés, ringraziandola e allungandole cinquanta euro. «Ti lascio il mio numero, se vedi o senti qualcosa di strano, chiamami subito.»

Chiuse la conversazione telefonica con Silvia, scese in strada, salì in auto e ripartì a razzo. Teneva in grembo la misteriosa scatola di Federica. Moriva dalla voglia di conoscerne il contenuto, ma lì dentro c'era qualcosa di vitale importanza che era appartenuta a Fede, alla sua vita intima, e aprirla spettava solamente a Silvia, la sorella, l'erede legittima.

Un paio di ore dopo, la scatola di cartone bianco e oro era sul tavolo della cucina. Silvia ed Eugenia la guardavano, ipnotizzate, con un misto di curiosità e di timore.

«Dài Silvia, aprila, che facciamo notte. Tra poco devo andare al lavoro.»

«Ma non prendi un boccone con noi?» implorò la padrona di casa nel tentativo di guadagnare un briciolo di tempo, di procrastinare quel gesto che le pesava così tanto.

Eugenia, che conosceva a menadito le dinamiche mentali dell'amica, la richiamò all'ordine: «No, tra dieci minuti devo proprio scappare. Apri 'sta cavolo di scatola e vediamo che cosa c'è dentro. O preferisci farlo senza di me?».

Il pensiero di rimanere sola, senza il sostegno di Eugenia, la convinse finalmente a togliere il coperchio.

Dentro vi erano un cofanetto di raso rosso scuro e una chiavetta Usb.

Aprì il cofanetto. Al suo interno, riposto con cura, era custodito un anello d'oro bianco, di discreto spessore, circondato da brillanti e da smeraldi. Lo prese con estrema delicatezza, come si maneggiano le farfalle tra le dita. Lo alzò verso la finestra: i raggi di sole che filtravano dalle serrande abbassate lo attraversarono facendolo brillare di bagliori bianchi e verdi che si rifletterono sulle pareti.

«Un signor anello, non c'è che dire...» commentò Eugenia «di quelli che mia madre avrebbe tanto voluto fossero regalati a me.»

«Perché tu, invece» infierì Silvia ridacchiando, «non l'avresti voluto un anello così?»

«E tu no? Tuo marito come anello di fidanzamento ti ha regalato una caccoletta, il minimo indispensabile per non essere cacciato via a calci in culo. Ma ti dico la verità: fossi stata in te mi sarei accontentata di un anello infinitamente più modesto, in cambio dell'uomo giusto...»

«L'uomo giusto non esiste. È una contraddizione in termini. Noi donne, da sempre, abbiamo imparato che bisogna accontentarsi. E chi si accontenta, come dice il proverbio...»

Eugenia scrollò le spalle in segno di disapprovazione.

Silvia riprese a far girare l'anello tra le dita.

«C'è una scritta... *F e P, un incontro di anime.* E una data: *1/6/2022.*»

«Che cosa romantica! Mi sale la glicemia» commentò Eugenia, con una vocina insopportabile. Poi aggiunse: «A me interessa molto di più sapere due cose: perché Fede ha sentito l'impellente bisogno di nascondere questa scatola e, soprattutto, che diavolo ci sarà mai nella chiavetta».

«Già, la chiavetta...» rispose Silvia come risvegliandosi da un sogno. «Credo che le risposte alle tue domande siano strettamente collegate.»

«Vai a prendere il pc, forza...» esortò l'amica.

Silvia si alzò e tornò dopo pochi secondi. «Non so se è carico. Non lo uso da giorni, da quando abbiamo avuto la notizia di Federica.»

Eugenia quasi le strappò di mano il computer. Lo accese e inserì la chiavetta nell'apposita porta. Era un vecchio arnese e il sistema operativo si caricò con estenuante lentezza. Finalmente apparve la schermata del desktop che come sfondo mostrava un primo piano delle bimbe di Silvia, che sorridevano in spiaggia. Eugenia puntò con decisione la freccia del mouse sulla gestione risorse e cliccò due volte sull'icona della pennetta Usb. Una finestra si aprì rivelando al suo interno una grande quantità di file dall'estensione sconosciuta.

«Cazzo» si lasciò sfuggire, «sono criptati.»

«Che vuol dire?»

«Vuol dire che per vederli, nella migliore delle ipotesi, c'è bisogno di una password.»

«E nella peggiore?»

«Che oltre alla password possono essere letti soltanto dal pc in cui sono stati creati. Siamo nella cacca, mi pare...»

Silvia domandò: «Ma se fosse vera la seconda ipotesi, per leggere quei file sarebbe necessario avere tra le mani il computer di Federica, giusto?».

Eugenia scattò in piedi e si mise le mani nei capelli.

«Il pc di Federica! Non ci abbiamo proprio pensato... Eppure era lì, sulla scrivania. Siamo due deficienti» esclamò lasciandosi cadere sulla sedia, sconfortata.

«Dài, niente di grave. Lo recupereremo presto. Del resto prima o poi dovrò decidermi a mettere piede in quella dannata casa.»

«E io quel giorno verrò con te. Piuttosto, per sicurezza,

fai una copia sul portatile del contenuto della chiavetta, non si sa mai.»

«Eugenia, lo sai che sono negata. Tienila tu, mi sento più tranquilla così.»

«Ok, ma avrei preferito che mi avessi dato l'anello. Giusto per vedere la faccia di mia madre. Ma si sa, gli amici più cari sono sempre quelli che la prendono in quel posto.»

«Un po' come il fratello buono della parabola del figliol prodigo.»

Eugenia la guardò allibita: «Da quand'è che ti metti a citare le Sacre Scritture?».

«Da quando ho capito che non parlano di Dio, ma di noi.»

VII

Guidami nella tua verità

Martedì 27 giugno

Subito dopo pranzo, Silvia uscì furtivamente da casa. Aveva affidato le figlie al nonno, si era lavata i capelli e si era attardata allo specchio a truccarsi e a vestirsi bene, come se fosse dovuta andare a un appuntamento importante. In altre occasioni avrebbe forse biasimato se stessa per questo comportamento civettuolo. Si era sempre fatta vanto di essere una «mamma senza fronzoli» ma, si disse, quelli con Mister P erano davvero incontri cruciali. Piuttosto, se c'era davvero qualcosa da rimproverarsi era il fatto che non avesse ancora riferito nulla al marito, né del risultato delle sue ricerche, né, soprattutto, delle conversazioni con l'ex amante di Federica. Ma era così elettrizzata e presa dall'idea di rivederlo di nuovo – si era già preparata mentalmente una sfilza di domande – che decise di accantonare quel pensiero intempestivo e molesto.

Arrivò al paese vicino, parcheggiò l'auto ed entrò nel bar, salutando con un cenno del capo il titolare. Non c'era ancora nessuno. Si sedette allo stesso tavolo dell'altra volta e si predispose all'attesa. Era in anticipo di quasi mezz'ora.

Si guardò attorno. Il bar era pulito e tenuto in ordine, ma veramente triste. Un trionfo di alluminio anodizzato, marmi rosa e plastica effetto legno. In un angolo remoto una slot machine emetteva bagliori verdastri e musichette inquietanti. Alle spalle del barista, alte scaffalature contenevano la merce più svariata e fuori tempo: panettoni natalizi, uova di Pasqua, bottiglie di amari e liquori di marche sconosciute, pupazzi di peluche ripieni di caramelle, scatole di biscotti e di cioccolatini... C'era veramente di tutto e chissà da quanti anni.

Qualche minuto prima delle 15, una sagoma scura, ormai familiare, le apparve dietro la vetrina. Silvia sentì nel petto un'emozione di cui non aveva ben chiara l'origine.

«Buon pomeriggio» la salutò l'uomo porgendole la mano e sedendosi di fronte, «prende sempre una spremuta?»

«Buon pomeriggio a lei, Mister P, vada per la solita spremuta.»

L'uomo fece un cenno al barista che si accostò al tavolo per prendere le ordinazioni. Poi guardò fisso Silvia, in attesa di sottoporsi al fuoco di fila delle domande.

«Ho una richiesta preliminare...» esordì Silvia. «Posso almeno conoscere il suo nome? Chiamarla Mister P può anche essere divertente, ma mi sembra irriguardoso.»

«Il nome» rispose lui, con voce impostata «è un elemento fondamentale per ogni persona. Secondo gli antichi nel proprio nome era iscritto il proprio destino: *nomen omen*. Qual è la domanda che i bambini fanno quando si incontrano la prima volta? O gli innamorati? Non è forse: "Come ti chiami?". Nella Bibbia, il Signore dice: "Ti ho chiamato per nome, tu mi appartieni". Non si può appartenere veramente a qualcuno senza rivelargli il proprio nome. Non si può possedere qualcuno se non se ne conosce il nome. Sa che negli antichi rituali cattolici per liberare gli indemoniati la prima cosa che l'esorcista ordina al diavolo è di dichiarare il proprio nome? Perché, svelando il nome, il demonio perde forza, si indebolisce. E perché Polifemo, che di Ulisse voleva fare un sol boccone, smaniava così tanto per conoscerne il nome? Perché senza avrebbe potuto mangiarselo, ma non possederlo. E Ulisse astutamente gli rispose: "Ciclope, domandi il mio nome glorioso? Ma certo, lo dirò; e tu dammi il dono ospitale come hai promesso. Nessuno ho nome: Nessuno mi chiamano madre e padre e tutti quanti i compagni".»

«Vuole che la chiami Nessuno?» ribatté Silvia, facendo di tutto per apparire fredda e distaccata. L'eloquio di quell'uomo la affascinava, ma percepiva la sua attitudine da incantatore di serpenti e non aveva alcuna intenzione di rimanerne vittima.

L'uomo sorrise: «Paolo. Mi chiamo Paolo. È un nome molto diffuso in tutte le lingue. Il suo, Silvia, lo conosco già e mi sembrava giusto dirle il mio per pareggiare i conti...».

«Bene, allora, Paolo. Posso partire con le domande?»

«Sono a sua disposizione per i prossimi cinquantacinque...» l'uomo guardò l'orologio che aveva al polso «anzi cinquantaquattro minuti.»

«Allora, che definizione darebbe di lei e di mia sorella, rispetto alla relazione che avete avuto? Compagni, fidanzati, amanti, amici speciali...»

L'uomo ci pensò su per qualche secondo, poi rispose: «Non apprezzo le definizioni, specie quando si parla di sentimenti. Un amore come il nostro, che non ha conosciuto limiti o vergogna, fa fatica a rientrare in una categoria. Però non la voglio deludere: tra tutti i termini che mi ha elencato quello che gli si avvicina di più mi sembra sia amanti».

«Anche a me...»

«Però, Silvia, bisogna mettersi d'accordo sul concetto di amanti. L'accezione corrente fa coincidere la parola amante con una relazione prettamente carnale e clandestina, quasi un sinonimo di adulterio.»

«Mi scusi, Paolo, non era così tra voi due?»

«Sì, questi elementi erano sicuramente presenti nella nostra relazione. Ma non la esauriscono. Oggi il termine "amante" ha un significato negativo, tant'è che nessuno presenta la sua donna, o il suo uomo, a qualcuno dicendo: "Questa è la mia amante o il mio amante". Dirà compagna o compagno, amica, fidanzata, moglie, marito, partner o quello che vuole. Se vogliamo invece parlare di Federica e di me, dobbiamo tornare alla radice del termine amanti. Che significa letteralmente: persone che si amano. Che fanno l'amore. Con il corpo, certo. Ma anche con l'anima e con la mente. La nostra cultura, le tradizioni religiose e morali ci hanno sempre portato a considerare una relazione tra amanti come impura, immorale, disonesta. E, per certi versi, lo può anche essere. Del resto, anche io, fino a quando ho conosciuto sua sorella, la pensavo così.»

«La interrompo un attimo: prima di frequentare Federica, aveva mai tradito?»

«A essere sincero, no. E, onestamente, pensavo che non l'avrei mai fatto. La mia vita, prima di incontrare Federica, è stata di assoluta fedeltà. Ritenevo che essere arrivato alla mia età senza aver mai subìto il fascino della tentazione mi mettesse ormai al riparo da ogni pericolo.»

Silvia ebbe quasi un moto di compassione per quell'uomo, che sembrava tutto di un pezzo, e che era invece finito sotto gli artigli affilati della sorellina, in un vortice di seduzione che lo aveva destabilizzato, frantumandogli ogni certezza.

«È proprio quando ci sentiamo più forti» commentò «che mostriamo il lato più debole... Ma continui, Paolo, la prego, l'ho interrotta.»

«Sì, stavo parlando della presunta impurità dell'amore degli amanti. Dalla storia sentimentale con Federica ho invece tratto una serie di riflessioni che hanno completamente ribaltato il mio punto di vista. Io oggi credo che si possa parlare di amore assoluto e di amore relativo, o condizionato, senza dare a questi aggettivi un'accezione di valore. Due forme diverse, insomma, dell'amare, non necessariamente una migliore dell'altra dal punto di vista della morale. Assoluto deriva dal latino *absolutus* e prima ancora dal greco *απόλυτος* e significa sciolto, slacciato, privo cioè di legami, libero da ogni vincolo. È assoluto ciò che non dipende da altro per la sua esistenza. E assoluto è anche sinonimo di compiuto in sé e per sé e, quindi, di puro, di perfetto.»

Silvia lo guardava incantata, accompagnando il suo discorso con piccoli movimenti della testa.

Paolo proseguì: «Gli amanti si amano in segreto, nel chiuso della loro stanza, ma nel loro rapporto non c'è nulla oltre l'amore per l'altro, la gioia di stare insieme, senza bisogno di relazionarsi con l'esterno, di includere altre persone, di fare programmi e progetti, di stabilire legami o vincoli al di fuori della loro stessa relazione amorosa. È un amore fortissimo e totalmente disinteressato. Pensi alle altre forme di amore, a due fidanzati che pensano di sposarsi. Quanto contano nella loro scelta il reddito, il tipo di lavoro, la cultura, la provenienza, l'accettazione da parte delle rispettive famiglie, il desiderio e la possibilità, economica o fisica, di avere figli? E non è vero, come dice la tradizione popolare, che quando si prende moglie o marito ci si sposa con l'intera famiglia dell'altro? Questo amore qui non è assoluto, è relativo, vincolato. È impigliato in una rete di legami esterni, di condizionamenti, di scorie. Il fidanzato non vede l'ora di mostrare agli amici la sua bella e di avere la loro approvazione. Così facendo, però, in qualche modo cerca una condivisione con altre persone al di fuori della coppia. E l'amore perde di assolutezza!».

Silvia avvampò, turbata. Non avrebbe saputo dire se fosse più forte l'effetto di quelle parole o il fervore con cui Paolo le stava pronunciando.

L'uomo sembrò accorgersene e scambiò con lei un imbarazzato sguardo d'intesa prima di continuare: «La loro alcova è come un'isola deserta e gli amanti sono naufraghi, felici nella loro dimensione totalmente separata dal resto del mondo. In quel momento non c'è nessun altro, non c'è passato, non c'è futuro che possa condizionarli. C'è solo il presente, l'*hic et nunc*, l'ora e l'adesso. C'è solo il reciproco amore che circonda l'unione delle loro anime e dei loro corpi. Le coppie che vivono l'amore relativo, o vincolato, sono invece costantemente condizionate dalle persone che gli ruotano intorno, dallo scorrere del tempo, dal passato che, inevitabilmente, ritorna e dal futuro dai contorni sempre incerti. Ha notato come le coppie che si sposano o convivono, pur amandosi sinceramente, smettono presto di parlare del loro amore e si concentrano solo sulle cose pratiche? La casa, il lavoro, la scuola dei figli, le vacanze, i suoceri e i cognati, i vicini di casa, il gatto o il cane, i soldi che non bastano mai... Gli amanti parlano soltanto del loro amore, che è assoluto. Ribadisco: non è un giudizio morale o di valore. È una qualità dell'amore stesso, un dato di fatto».

Silvia pensò al suo matrimonio, a quanto fossero lontane nel tempo le parole d'amore con suo marito. Le ultime che in quel momento ricordasse risalivano a prima della nascita di Chiara. Poi il romanticismo aveva ceduto il posto alle pappe, ai pannolini, ai pediatri... C'era sicuramente del vero nel discorso di Paolo, ma Silvia restava convinta che l'amore si esprimesse e si palesasse nella vita di tutti i giorni, nella consuetudine, nel sostegno reciproco, nell'affetto per i figli. Dove Paolo, a suo parere, sbagliava era nella definizione di amore. Per lui amare significava solo passione, trasporto, sensualità. *Eros*, insomma. Il trasporto che quell'uomo aveva provato per Federica e con Federica era stato sicuramente sincero, romantico, vorticoso, ma in fin dei conti adolescenziale, incompiuto. Per lei, invece, amare voleva dire anche dedizione, progettualità, affetto, condivisione quotidiana, capacità di affrontare insieme le avversità e i problemi della vita. Più che a un amplesso travolgente, a lei la parola amore faceva venire in mente l'immagine di un braccio, passato intorno alle spalle, che ti sostiene, che ti aiuta a camminare. Ritenne che era però del tutto inutile aprire una discussione con Paolo su questo punto. E quindi non controbatté. Nonostante apprezzasse il gusto dell'uomo per le digressioni e per i paradossi, si concentrò ancora una volta sullo scopo di quei colloqui: trovare la verità su Federica. Tutto il resto era un coinvolgente ma inutile diversivo.

Riprese: «Lei con mia sorella pensa dunque di aver vissuto un amore assoluto?».

«Credo di sì, anzi ne sono sicuro, soprattutto nella parte iniziale della relazione.»

«E pensa che anche mia sorella abbia sperimentato con lei l'amore assoluto?»

«Così mi pareva. All'inizio penso proprio di sì, anche se poi...» Paolo si arrestò.

«Anche se poi?»

«Non sono più convinto che alla fine quello che Federica voleva da me fosse veramente l'amore assoluto.»

«È stata questa diversità di opinione sulla natura dell'amore a provocare la vostra crisi?»

«Ne è stata sicuramente all'origine. Le racconterò tutto, ma dall'inizio. Mancano poco più di venti minuti e cercherò di riassumere.»

Silvia gli sorrise, amabilmente: «Vuol fare tutto lei? Porre le domande e dare le risposte?».

«Lei ha un sorriso adorabile, diverso da quello, altrettanto bello, di sua sorella.»

«Più bello o più brutto?» si schermì lei.

«Diverso. Direi più consapevole, più maturo. Il pendolo di Federica oscillava continuamente tra l'ingenuità e la malizia: il suo sorriso a volte era di bambina e altre volte di maliarda.»

L'uomo sospirò, con lo sguardo perso nei recessi della

memoria. Un ricordo, un'immagine di Federica, doveva essergli apparso davanti agli occhi e lo stava facendo soffrire.

Silvia glielo domandò con dolcezza: «Le è venuta in mente mia sorella, vero?».

L'uomo apparve quasi destarsi da un sogno.

«Sì, glielo confesso. Di fronte a me, seduta al suo posto, per un momento mi è apparsa Federica, il suo sorriso, la sua presenza, a tutto tondo. Non ho creduto di vederla, l'ho vista.» Il viso di Paolo si era contratto in una smorfia di dolore.

Silvia lo fissava a bocca aperta.

Dopo qualche respiro, l'uomo riprese il discorso con quel tono abituale, un po' didascalico: «Vede, Silvia: i ricordi possono essere di tipo diverso e avere un impatto più o meno forte sul nostro animo. Possono essere dei suoni, dei sapori, dei profumi, delle immagini. Persino dei brividi sulla schiena o un tuffo al cuore. C'è un ricordo di tipo fotografico, quindi statico, a colori o in bianco e nero, o, per esempio, come se fosse un film, con le immagini in movimento e il sonoro. Ma anche questi due sono, in qualche misura, piatti, a due dimensioni. E non restituiscono per intero il ricordo della realtà vissuta». Silvia annuì con convinzione. Paolo continuò: «Il nostro cervello immagazzina i ricordi fondamentalmente attraverso quattro canali: il visivo, l'auditivo, l'olfattivo-gustativo – ricorda le famose madeleine di Proust? – e il cinestetico, che riguarda sensazioni corporee, tipo il caldo, il freddo, il ruvido, il morbido e così via. Quando il cervello ci restituisce il ricordo utilizzando insieme tutti e quattro i canali, più che di ricordo si dovrebbe parlare di "reviviscenza". In medicina con questo termine si intende la ripresa, grazie alle terapie, delle funzioni vitali dopo un breve periodo di morte clinica. Poco fa il ricordo di Federica mi si è ripresentato sotto forma di immagine a colori, a tre dimensioni e in movimento. Ho risentito la sua voce, ne ho avvertito il profumo, ho percepito sulla mia pelle il contatto con la sua. Era, insomma, come se, sia pure per un attimo, Federica fosse tornata viva tra le mie braccia... Sentivo persino il suo peso leggero su di me. Deve comprendere che questo ricordo così vivido, globale, a tutto tondo, non è come vedere un fantasma, ma come se per un attimo apparisse Federica in carne e ossa. Poi quando l'incanto svanisce, l'assenza fa molto, molto più male».

Guardò nel vuoto dritto davanti a sé, poi per terra. Infine, forse per cercare indulgenza e comprensione, fissò i suoi occhi luminosi ed emozionati su quelli di Silvia. E aggiunse: «Con Federica ho passato i mesi più belli, entusiasmanti e passionali della mia intera vita. Mi ero rassegnato da tempo all'amore relativo e invece mi sono trovato a vivere e sperimentare, alle soglie dell'ultima stagione della mia vita, l'amore assoluto».

«Travolto da un'insolita passione, insomma...» ironizzò la donna, che era piuttosto scossa, ma non voleva darlo a vedere.

«Già. Era tutto così naturale, così spontaneo. Si viveva l'uno per l'altra e questo creava una forza interiore incredibile. Parlo per me, ovviamente. Ma credo che anche Federica vivesse le stesse sensazioni. Mi sentivo invincibile, pronto ad affrontare, senza remore o timori di sorta, ogni ostacolo e ogni sfida. Con sua sorella, del resto, era un continuo gioco al rilancio, ogni volta la posta era più alta.»

«Che cosa intende?»

L'uomo arrossì e abbassò lo sguardo. «Preferirei sorvolare...»

Silvia non intendeva mollare la presa. Con piglio deciso replicò: «Abbiamo fatto un patto. Quindi, per favore, nessuna reticenza».

Paolo alzò la testa, sorpreso da tanta inaspettata fermezza. Sospirò: «Va bene, Silvia. Ha ragione. È solo che... Insomma, non sono solito parlare delle mie questioni intime, soprattutto davanti a un'estranea». Poi, cambiando apparentemente discorso, commentò: «Oggi quando si parla sui giornali e nei dibattiti della religiosità del nostro popolo, si cita sempre la crisi della confessione. C'è sicuramente nella società, rispetto al passato, un minore senso del peccato e, soprattutto, di certi peccati legati alla morale sessuale. Ma, a mio parere, la crisi della confessione deriva anche da una ragione pratica, più terra terra, dettata da una certa smania di innovazione introdotta dopo il Concilio Vaticano II. Lei è giovane, ma io ricordo benissimo quando le confessioni si facevano all'interno del confessionale, nella penombra, dietro una grata che sottraeva al prete la vista del peccatore e mettendolo al riparo dagli sguardi di riprovazione. Da molti anni, invece, ci si confessa vis-à-vis. È più moderno, dicono. Ma parlare delle proprie debolezze, ammettere vizi e azioni indicibili guardando negli occhi qualcuno che ci scruta fin dentro l'anima è assai imbarazzante. Lo sanno bene gli psicanalisti, i confessori del tempo presente, che si mettono di fianco al paziente sdraiato sul lettino, in modo da non far incrociare gli sguardi... Ha fatto caso all'uso smodato che i nostri politici fanno della inelegante espressione "metterci la faccia"? Ecco, nella confessione attuale tocca "metterci la faccia" ed è molto, molto più difficile. E l'uomo contemporaneo, davanti agli ostacoli, preferisce arrendersi e dileguarsi. E non si confessa più».

Silvia scrollò le spalle. Non ricordava nemmeno più l'ultima volta che si era confessata. Del resto, quali gravi peccati avrebbe potuto mai commettere? Amava le figlie e il marito, mai avrebbe pensato di tradirlo. Si occupava del padre, con tenerezza. Era onesta e scrupolosa, gentile con tutti... Ma comprese il turbamento interiore del suo interlocutore: «Prometto che non la scruterò. Ma, soprattutto, che non ho nessuna intenzione di assolverla o condannarla, perché non la sto giudicando. Voglio solo sapere di Federica. Ora che è morta mi rendo conto di non conoscere quasi nulla di lei, della sua vita...».

«Pensa che sapere di sua sorella l'aiuterà a superare il dolore?»

«Non so se servirà a superare questo dolore, ma sicuramente mi aiuterà a dargli un senso...»

L'uomo la guardò, rassegnato: «Va bene, sono pronto a dirle tutto. Senza remore ma, lo ammetto, con notevole imbarazzo».

Silvia sorrise con una benevolenza che mascherava compiacimento. Avvertiva con chiarezza la sensazione di essere finita dentro uno strano gioco, forse un po' torbido ma in definitiva piacevole: a volte la spiccata personalità dell'uomo, la sua sterminata cultura, il suo fascino indubitabile le parevano assolutamente soverchianti; altre volte invece, come era appena accaduto, lui pareva assoggettarsi con docilità di fronte a un atteggiamento di fermezza.

«Paolo» gli disse incoraggiandolo, «siamo adulti e vaccinati. Non è un mistero che mia sorella conduceva una vita libera e piuttosto disinibita. Non sarò certo io a scandalizzarmi. Mi parli delle sfide con mia sorella, non deve certo entrare nei dettagli più scabrosi...»

«E sia. Deve sapere che durante le prime settimane, nei primi incontri clandestini, in casa sua o in qualche piccolo albergo di periferia, lei nell'intimità appariva timida, imbarazzata, persino un po' inibita.»

Silvia reagì scoppiando in una sonora risata.

«Inibita mia sorella? Ma per carità! Onestamente faccio davvero fatica a crederle.»

Paolo attese con un po' di impazienza che la donna smettesse di ridere e riprese: «Mi ascolti bene, Silvia. Sua sorella inizialmente fingeva imbarazzo, ritrosia, pudore, per lasciare che fossi io a prendere l'iniziativa. E posso tranquillamente confidarle che io non ero affatto un Casanova, il grande amatore, l'uomo esperto, fantasioso e trasgressivo. Ero io quello che provava autentico imbarazzo! Compresi, ma purtroppo solo più tardi, che Federica mi stava studiando per mettermi alla prova. Voleva vedere fin dove riuscissi a spingermi, fin dove arrivasse il mio limite, per poi costringermi a superarlo. Era, oltre che un gioco erotico, un gioco di potere abile, sottilissimo... Quella timidezza fasulla e costruita, così lontana dall'immagine reale che tutti avevano di lei, avrebbe dovuto far risuonare dentro di me un campanello d'allarme. Se lo avessi capito, forse avrei evitato il peggio. Ma ero così preso, così piacevolmente turbato, dall'amore per Federica!».

La donna sbottò: «Ma insomma, Paolo, che cosa mai avrebbe fatto di così grave ed eclatante con mia sorella?

Non siamo più negli anni Cinquanta: negli ultimi decenni l'asticella del senso del pudore si è molto abbassata. Ma poi, davvero, lei mi pare una persona solida, autorevole, che sa il fatto suo: non mi sembra esattamente il tipo da farsi condizionare e manovrare con facilità… Tutto posso pensare di lei, tranne che sia diventato un fantoccio nelle mani di mia sorella!».

«So che tutto è relativo. Però, per usare le sue stesse parole, io sono un uomo tirato su con i valori, i princìpi e il pudore tipici degli anni Cinquanta, pur essendo nato vent'anni dopo! Mi rendo conto di essere un fuori tempo, un marziano, un relitto se preferisce, ma tant'è.»

«E insomma?»

«Insomma, come dirle, sua sorella aveva… aveva una certa inclinazione all'esibizionismo. Capiva che certi atteggiamenti nei luoghi pubblici mi creavano un fortissimo disagio, e mi provocava appositamente. Ma a me in definitiva il gioco piaceva, lo trovavo eccitante, nonostante il timore di essere sorpreso o, peggio, riconosciuto. O, forse, proprio a causa di questo.»

«Le faccio una domanda a bruciapelo, altrimenti non ne usciamo più: mi dica il posto più originale o rischioso in cui ha fatto sesso con mia sorella.»

Paolo diventò paonazzo, gonfiò e sgonfiò le guance e rispose a bassissima voce: «In una vasca idromassaggio, dentro uno stabilimento termale aperto al pubblico. Anche se a quell'ora non c'era nessun altro, solo noi due».

Silvia rise di gusto.

«Mi scusi, Paolo, non riesco a trattenermi… Chissà cosa mi credevo!»

L'uomo parve essersi offeso. Silvia se ne accorse. Aveva forse peccato di insensibilità, minimizzando quella rivelazione che a lui doveva apparire davvero sconvolgente?

«Mi perdoni, non volevo prendermi gioco di lei. È che, insomma, mi sembra un posto non particolarmente originale, persino banale, per fare sesso, ecco... E nemmeno così rischioso, visto che non c'era nessun altro nella vasca!»

Paolo si irrigidì: «Ognuno ha la sua personale percezione del senso del pudore e, quindi, del superamento dei propri limiti. Dipende da dove si parte: certi comportamenti o atti che magari voi giovani considerate scontati o banali» Silvia non poté fare a meno di notare che il suo interlocutore aveva pronunciato le parole «giovani» e «banali» con un tono odioso, «per noi di un'altra generazione, con un'altra educazione, e la mia è stata particolarmente rigida, possono apparire straordinariamente trasgressivi. Poi, Silvia, se mi permette la pregherei di un'altra cosa. Non facevo "sesso" con sua sorella, facevamo l'amore».

«Sì, capisco. Ha ragione e le chiedo scusa doppiamente» ribadì la donna con sincero dispiacere.

«Ma, per me, la vera trasgressione» riprese «non fu certo compiere atti, come si diceva una volta, contrari alla decenza in luoghi pubblici o altre cose così. Era qualcosa di più sottile e insinuante, qualcosa che cominciava a circolare pericolosamente nelle mie vene, un atteggiamento mentale mai provato prima, a livello della consapevolezza di sé e dei propri desideri.»

«Sono una donna di provincia che si confronta con un raffinato intellettuale cittadino, ed ecco, lei ha la tendenza a parlare in generale, io invece capisco solo se mi si fanno degli esempi concreti. È un limite, mi rendo conto, ma è il mio limite.»

«Forse potrebbe essere, invece, un mio limite quello di parlare attraverso categorie astratte. Cercherò allora di essere il più concreto possibile. Le ho appena detto di aver ricevuto un'educazione molto rigida...»

Silvia annuì e Paolo riprese: «Quando intendo rigida non mi riferisco solo agli aspetti morali o, se preferisce, moralistici, legati alla sessualità. Certo, con i miei genitori di determinati argomenti non si poteva nemmeno parlare, erano vietati, tabù. E, prima di incontrare Federica, avevo sempre pensato, con convinzione, che l'esercizio della sessualità dovesse avvenire solo all'interno del matrimonio e volto sempre alla procreazione. Ma non è questo il punto: ogni giorno a me e ai miei fratelli veniva instillato un senso del dovere implacabile, verso Dio e verso il prossimo, che rasentava l'annullamento del proprio Io, la mortificazione totale delle proprie pulsioni e persino delle proprie passioni, quelle illecite ma anche quelle lecite. Come puoi crescere sereno, se ogni volta che desideri un giocattolo ti fanno notare che un bambino africano della tua stessa età muore di fame e che con i soldi destinati a quel giocattolo potrebbe invece sopravvivere? Il piacere – mangiare bene, prendersi cura del proprio corpo, comprare un vestito costoso, andare in un albergo di lusso, ballare in discoteca – era a casa mia considerato un inaccettabile spreco, un atto immorale di fronte ai poveri, alle persone bisognose. Il denaro, che pure non mancava, serviva solo ad assicurare una decorosa sopravvivenza. Tutto il resto, il cosiddetto superfluo, era destinato alla beneficenza. Vigeva in casa l'imperativo categorico della temperanza, della moderatezza, della sobrietà totale, ai limiti dell'ascetismo, il cui rovescio della medaglia era un insostenibile senso di colpa per il desiderio di tutto quello che veniva identificato come corporeo, carnale, e quindi superfluo».

«L'esatto contrario del modo di essere di Federica, insomma!» interruppe Silvia. «È proprio vero che gli opposti si attraggono.»

«Eh già... La mia autentica, profonda e terribilmente affascinante trasgressione fu scoprire, grazie a Federica, il godimento che si può ricevere dall'amore di un'altra persona, sicuramente, ma anche dal lusso, dalle comodità, dai cibi raffinati, dallo sfarzo, dai massaggi... Sua sorella amava tutte queste cose, ristoranti stellati, hotel esclusivi, bottiglie di champagne costosissime, le terme, borse e scarpe firmate, regali importanti. E le pretendeva da me. Le considerava come segni irrinunciabili di attenzione e di amore. All'inizio della relazione tolleravo, borbottando in silenzio, queste continue richieste, che consideravo alla stregua di un capriccio infantile da soddisfare, quasi un pegno da pagare per renderla felice. Dopo avermi fatto scoprire la sensualità dell'amore assoluto, Federica riuscì, nel giro di pochi mesi, a farmi compiere un altro grande salto: quel suo mondo fatuo e scintillante, fatto di oggetti griffati e costosi, di edonismo, cominciava a intrigare e appassionare anche me. Provai la gioia del piacere fine a se stesso, una sensazione entusiasta, liberatoria, che fino a quel momento avevo ignorato e persino aborrito. Ma, a differenza di Federica, che amava il lusso, le comodità e lo sfarzo in sé, io apprezzavo molto tutto questo solo se potevo condividerlo con lei.»

«A proposito di doni: le ha regalato lei quell'anello di rubini?»

Silvia aveva volutamente sbagliato a descrivere i particolari dell'anello, un piccolo espediente per testare la sincerità dell'uomo.

«Rubini? No, mai. Un anello di diamanti e smeraldi sì, invece. Me lo chiese, anzi lo pretese per il nostro primo anniversario, come pegno di amore eterno, così diceva lei, anche se la nozione di amore eterno non era certo la stessa che avevo io. Lo ha lei questo anello, ora?»

«Sì, una mia amica è andata a casa di Federica e me lo ha portato. Ma non so se lo terrò... Mi fa una certa impressione. Se vuole, glielo restituisco.»

«Le dico la verità. Quando le cose tra me e Federica si ruppero in modo irreversibile, mi sarei in qualche modo aspettato che facesse almeno il gesto di restituirmelo. Io, glielo assicuro, non avrei mai acconsentito. Per me poteva e doveva tenerselo! Ma sua sorella, di fare il gesto, se ne guardò bene. Le piaceva troppo quell'anello, che almeno per me aveva perso tutto il significato di fedeltà. Lei era fatta così, sfrontata ed egoista. E forse mi attirava anche per questo. A ogni modo, non lo voglio indietro. L'ho acquistato per Federica. Nel momento in cui gliel'ho regalato, l'amavo alla follia. Quindi è e resta, per sempre, un simbolo di amore. Se lei, Silvia, non desidera tenerlo, lo faccia rinchiudere nella tomba di Federica. Oppure – meglio, molto meglio – lo venda e dia il ricavato alle persone bisognose. Ce ne sono così tante... I morti non hanno alcun bisogno dei tesori, ci credevano solo gli antichi. I vivi, invece, hanno bisogno di acqua, di medicine, di pane.» Il tono della voce e lo sguardo si erano fatti improvvisamente tristi.

Silvia continuò imperterrita: «La frase fatta incidere dentro l'anello...».

«*Un incontro di anime*?» disse Paolo, anticipandola.

«Sì, esatto. La scelse lei o mia sorella?»

«Potrebbe sembrare bizzarro, ma la frase era farina del sacco di Federica. Ho sempre pensato una cosa della nostra reciproca attrazione. Immagini un'anima che va spasmodicamente alla ricerca di un corpo in cui incarnarsi. E un corpo che non aspetta altro che uno spirito, per prendere vita... per, appunto, animarsi. Io avevo bisogno di scoprire la mia dimensione fisica e forse Federica di trovare dentro di sé quell'anima di cui fino a quel momento non aveva avvertito la presenza né, tantomeno, il bisogno. Per questo motivo ci siamo attratti e siamo diventati una sola carne e una sola anima. Federica, di questa attrazione straordinaria, era assolutamente persuasa. Sosteneva che in un passato remoto ci fossimo già amati. E che ci fossimo semplicemente ritrovati. Io non ho mai creduto a queste cose: la reincarnazione, le vite precedenti, gli oroscopi e tutte le altre scemenze. Ma quando Federica ne parlava con convinzione mi faceva immenso piacere ascoltarla.»

«Non intendo metterla in imbarazzo, ma la mia prossima domanda è d'obbligo: mentre frequentava Federica la sua condizione di uomo "non libero" non le causava dei rimorsi, degli scrupoli, dei sensi di colpa? Nei confronti della sua famiglia, intanto...»

«Le confiderò una verità sconcertante: no. Assolutamente no. Pensavo anch'io, dopo aver baciato sua sorella nel parcheggio e, soprattutto, dopo aver fatto l'amore con lei la prima volta, che guardando la mia famiglia, i miei figli, una volta tornato a casa, sarei stato schiacciato da un insostenibile senso di colpa. La sorpresa più grande per me non fu tanto la scoperta dell'amore così intenso per Federica quanto la leggerezza – non la superficialità – con cui lo stavo vivendo. Era davvero amore assoluto, una cosa tra me e lei e nessun altro. Sua sorella, conoscendo la mia condizione di uomo non libero e, forse, prevenendo i miei scrupoli, mi ripeteva sempre: "Paolo, non stiamo facendo del male a nessuno, non c'è nulla di cui tu debba pentirti". E io mi sentivo esattamente così: senza colpa, senza peccato. Vede, Silvia: prima di conoscere Federica, avrei bollato un uomo nelle mie stesse condizioni come un adultero, un immorale e soprattutto un egoista. Un uomo che, dimenticando i suoi doveri verso Dio, ma anche verso la sua famiglia, pensa solo al suo piacere. Io però non pensavo al mio piacere, pensavo a Federica, che amavo più di me stesso. Ma allora come si può essere egoisti se si ama così tanto un'altra persona? È una insuperabile contraddizione in termini. Nella coniugazione dei verbi italiani c'è il singolare: io, tu, egli, e il plurale: noi, voi, essi. Nel greco antico esiste anche il duale: voi due, loro due. Ecco, il nostro amore era coniugato al duale. E il duale, per sua stessa natura, non può essere egoista!»

«Mi perdoni, Paolo. Comprendo il suo stato d'animo. Mi pare però che lei descriva l'amore con Federica attraverso le categorie dell'eccezionale, dello straordinario, dell'insolito. A me pare invece che voi due eravate semplicemente e banalmente innamorati. Né più né meno come accade per milioni di esseri umani...»

L'uomo parve colpito da questa osservazione. Chiuse per qualche secondo gli occhi, cercando dentro di sé un responso. Li riaprì, guardò l'orologio e disse: «Il tempo è scaduto. Ma prima di andar via desidero rispondere alla sua acuta osservazione. Lei ha con ogni probabilità ragione se fa un discorso in linea generale. Quello che Federica e io abbiamo provato insieme, la passione, l'amore assoluto, è un sentimento abbastanza comune, direi naturale, tra i mortali. Un sentimento che viene ricercato, desiderato, auspicato. Ma c'è invece una condizione rara e particolare, che ci riguardava direttamente...».

Silvia lo guardò con aria interrogativa.

Paolo si alzò dalla sedia, salutò compitamente la donna e, prima di dileguarsi, aggiunse: «Lo specifico di questa vicenda è che, per ragioni e motivazioni differenti, io e sua sorella ci sentivamo incapaci, immuni nei confronti dell'amore assoluto e, soprattutto, totalmente indifferenti e disinteressati. Mai e poi mai avremmo potuto immaginare, nemmeno lontanamente, di poter vivere un giorno un amore così».

VIII

Prima che il gallo canti

Martedì 4 luglio

«Paolo, ben trovato.»

La voce era allegra e squillante. Era passata una settimana dal loro ultimo incontro. Una settimana nella quale, nella triste routine del lutto familiare, non era accaduto nulla di speciale.

«Buon pomeriggio, Silvia.»

La donna pensò divertita e imbarazzata che, ormai, dovevano apparire al barista come una maldestra coppia di innamorati clandestini titubante nel passare dalle parole ai fatti.

«Come è andata la settimana?»

«Grazie, ho avuto molto da fare, per fortuna. Dedicarmi alla casa e alla famiglia mi aiuta a non rimuginare.»

Silvia pensò che, un po' per irresolutezza, un po' per compiacere il marito, un po' per stare con le bambine, un lavoro non l'aveva mai cercato. Nonostante la laurea. E che forse un'occupazione, in quel frangente, l'avrebbe aiutata parecchio.

«E lei? Come sta? Con se stessa, intendo» aggiunse l'uomo.

«Insomma, come può capire... Il dolore e lo sconcerto per la tragedia sono ancora molto vivi. Chissà quanto tempo ci vorrà per lenirli.»

«La comprendo perfettamente. Si dice che il tempo è galantuomo, ma non è così. Il tempo è una vera canaglia. Passa veloce, troppo veloce, quando stai vivendo un momento bello e intenso. Non passa mai, invece, quando sei nel dolore o nella noia. Ma non intendo tediarla con le mie riflessioni. Mi dica: ha già pronte le domande per me?»

«Certo, le pare che mi faccio trovare impreparata?» replicò lei, sorniona.

«Allora avanti, sono pronto.»

«Il necrologio. La frase citata, quella dalla Bibbia. Ha un significato specifico?»

«Sicuramente! Non è lì a casaccio.»

La donna riprese: «Bella ma terribile. Era così mia sorella?».

«Lei conosce l'opera?»

«Non benissimo.»

«*Turandot*, Puccini? Sa come il popolo acclama la protagonista? *Principessa di morte! Principessa di gelo! Dal tuo tragico cielo scendi giù sulla terra! Ah, solleva quel velo! Guarda... guarda, crudele, quel purissimo sangue che fu sparso per te!*»

«Spaventoso...»

«Sì, è una storia tremenda, sconcertante. La principessa spietata e sanguinaria che si addolcisce improvvisamente per amore. E il suo spasimante l'adora, nonostante lei abbia fatto morire tra i tormenti un'altra donna che si è immolata per lui, salvandogli la vita.»

«Non ce la vedo, però, Federica nei panni della sanguinaria e gelida principessa...»

«Sua sorella era abitualmente scostante, fredda, altezzosa. Una vera principessa di ghiaccio. Solo nell'intimità si trasformava diventando una donna affettuosa, docile, sensibile, che traboccava di parole appassionate e di amorevoli attenzioni. Erano due donne in una, come la luce e il buio sono parte della stessa giornata. E non saprei dirle quale di queste due dimensioni fosse quella autentica. Forse entrambe, forse nessuna delle due. Per conoscere la sua seconda essenza, quella notturna, bisognava – mi perdoni l'espressione un po' brutale – infilarsi nel suo letto. Solo attraverso quella porta vi si poteva accedere. Lei ne era consapevole: mi ripeteva ogni volta che tutto quello che di bello e di dolce mi sussurrava in quei momenti – fossero promesse, impegni o dichiarazioni d'amore – non aveva alcun valore nell'altra dimensione, nella vita di tutti i giorni. Lo diceva ridendo, ma non scherzava. Il suo era un atteggiamento dissociato, quasi schizofrenico e, per quanto riguardava me, dissociante. Ma mi pareva che questo suo modo stravagante di comportarsi, quel tesoro di carezze, di baci, di tenerezze che mi dischiudeva copioso alla sera, magari dopo avermi maltrattato per il resto del giorno, fosse una sorta di ricompensa che, ogni volta, mi sarei dovuto meritare, amandola, viziandola e compiacendola. Non mi accorgevo che quel premio cui ambivo così tanto era un veleno lento e potente, che mi stava devastando l'anima. Se eravamo insieme, a Milano, diventavo irrequieto, nervoso quando lei andava al lavoro; non pensavo ad altro per tutte le ore del giorno, a quando mi sarei finalmente placato, tenendola stretta tra le mie braccia.

Ma anche nelle notti in cui dormivamo avvinghiati pensavo con angoscia al momento in cui mi sarei dovuto separare da lei. E quando, invece, eravamo distanti, temevo più della morte che qualcuno potesse portarmela via da un momento all'altro.»

Paolo si portò, meccanicamente, una sigaretta alla bocca, ma non l'accese. Poi proseguì: «Federica era per me un pensiero dominante, ossessivo, angosciante. Lei lo aveva capito benissimo. E alternava, come in una doccia scozzese, tenerezze e castighi. Se per caso ero io a ostentare distacco o freddezza nei suoi confronti diventava immediatamente premurosa, gentile, remissiva. Quando invece ero io a cercarla, pieno di desiderio, lei avvertiva di avermi in pugno e mi sottometteva».

«Mi perdoni, Paolo. Ma io ancora non riesco a capire come un uomo solido, colto, maturo e centrato come lei possa farsi ridurre così da una ragazza capricciosa.»

«Lei ha avuto mai a che fare con degli eroinomani?»

«Non direttamente, per fortuna.»

«L'eroinomane sa benissimo che quello che si inietta nelle vene gli sarà prima o poi letale. E ciononostante implora i venditori di morte, gli spacciatori, di consegnargli al più presto una nuova dose. In cambio è disposto a ubbidire come uno schiavo ai voleri dei suoi carnefici, verso i quali prova attaccamento e morbosa riconoscenza. Io mi ero ridotto così, anche se, bisogna ammetterlo, non me l'ero cercata. È stata Federica che ha scelto me, che è venuta a prendermi, fiutando come una fiera l'odore della preda perfetta. Nella fase di corteggiamento, chiamiamola così, si è fatta concava e convessa, mi ha fatto sentire unico, come le ho già raccontato, mi ha convinto a credere che fossimo stati creati l'uno per l'altra e che il nostro amore venisse da lontano e sarebbe andato oltre la dimensione dello spazio e del tempo. Per conquistarmi, mi ha parlato lungamente dei suoi fallimenti amorosi, facendomi capire che io ero speciale, l'unico in grado di comprenderla, proteggerla e amarla. "Solo con te, Paolo" mi ripeteva continuamente, "mi sento libera di essere me stessa." Diceva che io ero il suo maestro di vita, il suo pigmalione. I primi mesi sono stati meravigliosi, davvero irripetibili. Non ho mai passato, nella mia vita, un periodo così felice, effervescente, emozionante, intenso come quello con sua sorella. Il cuore batteva forte e il sangue era tornato a irrorare le mie vene, come la linfa negli alberi dopo le gelate invernali. Ero davvero felice! Con il passar del tempo, però, Federica è progressivamente cambiata. È diventata spavalda, irriguardosa e sfrontata. E, soprattutto, bugiarda e manipolatrice.»

Paolo notò l'espressione interrogativa che si era disegnata sul volto di Silvia e prevenne la sua richiesta: «Lei pretende da me delle esemplificazioni. Gliele farò subito: agli appuntamenti, arrivava sempre più spesso in grande ritardo, senza mai avvisare o giustificarsi. Una volta mi fece persino attendere un'ora e mezza per strada. Certi giorni spariva per ore e non rispondeva ai miei messaggi e alle mie telefonate. Quando le chiedevo conto, timidamente, di questo suo comportamento, lei mi rinfacciava che era colpa mia, mi raccontava la fandonia che le si era scaricato il cellulare e mi accusava di essere pesante e possessivo. Federica, invece, voleva sempre sapere, ossessivamente, dove fossi, con chi fossi, doveva conoscere nel dettaglio i miei programmi, i miei spostamenti, le mie compagnie e persino le mie telefonate. In diverse occasioni mi diceva una cosa e pochi giorni dopo negava di avermela detta, facendomi quasi passare per pazzo. Era così sfrontata nelle sue bugie da essere assolutamente credibile riuscendo spesso a farmi dubitare dello stato della mia salute mentale».

Paolo guardò Silvia di sottecchi e prevenne la sua ulteriore richiesta: «Una volta andammo a cenare in un ristorante stellato, in un grande albergo milanese. Avevo prenotato una saletta riservata, tutta per noi. Le ricordai, romanticamente, che in quel posto ci eravamo già stati, mesi prima. Lei giurava di no, io insistevo di sì: e allora lei mi accusò di esserci stato con un'altra. Si figuri, io che avevo occhi solo per lei! Litigammo tutta la sera, senza che riuscissi a convincerla. E mi tenne il muso per parecchio. Qualche giorno dopo, mi venne in mente che forse avevamo fatto un selfie in quel ristorante, la prima volta. Cominciai a cercare nel cellulare, lo trovai e glielo sbattei in faccia. Allora lei arrivò a sostenere, con un candore sconcertante, che non era affatto vero che avevamo litigato. Che mai e poi mai mi aveva accusato di essere stato in quel ristorante con un'altra donna. Che lei era perfettamente consapevole che in quel posto c'eravamo stati due volte. Una faccia tosta da far cadere le braccia! Ma non fu l'unico episodio, ovviamente».

«Be', Federica era una grande affabulatrice, questo sì... Anche quando era piccola, mi dava l'impressione di vivere in un mondo tutto suo, di fantasia e di comodo. Ma, a furia di evocarlo, finiva per credere che fosse reale.»

Paolo annuì prima di proseguire: «Un giorno mi prometteva, tra le lacrime, amore eterno e il giorno dopo mi annunciava che stava pensando di lasciarmi perché qualcun altro si era fatto avanti nella sua vita. Un giorno si diceva pronta a morire d'amore per me e il giorno dopo mi irrideva, per la mia vecchiaia, per la mia goffaggine, per la mia mentalità da boomer. La mia esistenza era diventata una vertigine di alti e bassi, come sulle montagne russe. Mi sentivo dentro un frullatore che girava, implacabile, alla massima velocità. Se, però, reagivo, perché ritenevo che lei avesse davvero passato il segno, allora diventava immediatamente un agnellino: mi guardava con quegli occhi da cerbiatta ferita, si accoccolava sulle mie ginocchia come una gattina, facendo le fusa. E io sempre pronto a scusarla, a comprenderla, a cedere alle sue lusinghe, pur sapendo che erano tali! Le perdonavo sempre tutto, con un'indulgenza che non ho mai avuto per nessun altro. Proprio io che, prima di conoscerla, avevo in spregio i deboli di spirito, i remissivi, i sottomessi».

«Paolo, davvero non la seguo. Lei sta dipingendo mia sorella quasi come un mostro di crudeltà e di cinismo. Federica aveva sicuramente il suo caratterino, ma io non credo che potesse giungere a tali livelli di perfidia. Credo peraltro che quelle armi che usava contro di lei facciano parte di un arsenale vecchio come il mondo: quello della seduzione.»

«Io da un po' di tempo a questa parte non giudico più le persone, né tantomeno le loro intenzioni. Mi attengo ai comportamenti, ai fatti concreti. E mi lasci dire che quelli di sua sorella erano insidiosi, pericolosi, quasi diabolici. Per amore di verità, devo aggiungere che per essere davvero malvagi bisogna avere chiara dentro di sé la distinzione tra ciò che è bene e ciò che è male. Federica, questa distinzione, non l'aveva o l'aveva in forma sfumata. Per lei era bene tutto quello che la faceva stare bene, tutto quello che era utile alla sua soddisfazione e al suo interesse. E il male era solo quello fatto a lei e cattivo solo chi tentava di frenare la sua corsa verso l'appagamento dei suoi desideri, che le spettava di diritto, in base a quale privilegio non si sa. Nel suo mondo esistevano solo i suoi capricci, le sue ambizioni e le sue voglie. Non credo, insomma, che facesse il male intenzionalmente, per il gusto di farlo. Non era sadica. Il male che provocava agli altri era semmai la conseguenza della sua mancanza di empatia, della sua incapacità di mettersi nei panni degli altri, di immedesimarsi nelle altrui sofferenze. Non è che non le vedesse, le sofferenze, non era così insensibile. Ma se ne teneva a distanza di sicurezza. E quando compiva un'azione, pensava solamente a se stessa. Degli eventuali contraccolpi negativi o dolorosi che questa stessa azione potesse causare sulle persone intorno a lei non si sentiva per nulla responsabile, non era affar suo. Un po' come quei ragazzini che gettano sassi dai ponti per divertimento. Non c'è in loro una reale volontà omicida, però quei sassi talvolta piombano sulla testa di uno sfortunato passante e lo ammazzano. Quei ragazzini non avevano intenzione di uccidere, ma non hanno pensato alle conseguenze del loro gesto. Ricorda cosa diceva il vecchio catechismo, a proposito delle condizioni per commettere un peccato mortale?»

Silvia ammise la sua ignoranza a riguardo.

«Le sembrerà strano, ma non è per nulla facile commettere un peccato mortale» osservò Paolo. «Servono, tutti insieme, tre presupposti: la materia grave, la piena avvertenza e il deliberato consenso.»

La donna lo guardò incuriosita.

Paolo proseguì: «Materia grave si spiega da sé: omicidio, furto, falsa testimonianza, oppressione dei poveri, adulterio eccetera. Per definire un peccato grave basta fare riferimento ai Dieci Comandamenti. Piena avvertenza significa, invece, che il peccatore sa benissimo che l'azione che sta per commettere è classificabile come un peccato gravissimo, quindi mortale. Ne è del tutto consapevole. Deliberato consenso vuol dire, infine, che si è voluto commettere un'azione malevola a freddo, lucidamente, senza nemmeno provare a resistere».

«Vado in chiesa tutte le domeniche, ma forse non sono abituata a simili sottigliezze... Sarò un po' tonta, ma se magari mi fa il solito esempio...»

Paolo si infervorò: «Prenda il mio caso: il mio peccato è duplice, tradimento e fornicazione. Secondo la morale cattolica, ma non solo quella, costituisce materia grave. Io sapevo benissimo che andare a letto con sua sorella costituiva una gravissima mancanza, una violazione dei Dieci Comandamenti; nonostante lo sapessi, proseguivo lungo la strada dell'errore con pervicacia e determinazione e senza alcuno scrupolo. Anzi, persino con gioia e compiacimento, perché la relazione con sua sorella mi donava forza, mi dopava, per dirla come si direbbe oggi. Ecco che le tre condizioni per compiere peccato mortale, ossia per l'interruzione della grazia divina, sono state soddisfatte».

«Ma amare è davvero un peccato così grave? Non ne sarei tanto convinta...»

Sul volto di Paolo si disegnò un'espressione di sorpresa.

«Lei non poteva saperlo, ma è esattamente questa – "Ma

l'amore è davvero un peccato così grave?" – la domanda che Federica mi pose alla fine della famosa conferenza in cui la vidi per la prima volta. E comunque, per tornare al suo interrogativo, le rispondo di sì. Amare una persona può diventare peccato grave se si viene meno a precedenti patti di fedeltà che si sono sanciti davanti a Dio e davanti agli uomini.»

«La sua mi sembra francamente una concezione troppo rigida. L'amore inizia e, così come inizia, può anche finire. E, se finisce, tenerlo in vita per dovere o per forza, mi sembra accanimento terapeutico. Non esistono gabbie capaci di preservare un amore dal rischio del suo esaurimento. Puoi incatenare una persona per impedire che ne ami un'altra con il corpo, ma non si può imprigionare l'anima che ama. E l'infedeltà dell'anima è, a mio modesto parere, più grave di quella del corpo. Ma comunque non sta a me mettere in discussione le sue convinzioni che, noto, sono ben radicate... Ritorniamo a mia sorella: anche per lei si sono verificate le condizioni per il peccato mortale?»

«Ecco il punto dove volevo arrivare. A sua sorella, a mio parere, è mancata sempre la piena avvertenza. Per cui, alla resa dei conti, è meno colpevole di me. C'è chi compie il male senza rendersi conto che è male. I filosofi, a questo proposito, parlano di amoralità. Gli psichiatri e gli psicologi, invece, hanno individuato una categoria per definire le persone come Federica.»

«E che categoria sarebbe?»

«Quella dei disturbi di personalità.» Silvia alzò gli occhi verso di lui senza dissimulare il suo sconcerto. Paolo spiegò: «In un momento di grave sconforto, provocatomi dall'atteggiamento di sua sorella, che si ripercuoteva sulla mia salute, sono andato a chiedere aiuto a un mio vecchio amico, che fa l'analista. Siamo stati insieme a scuola e siamo rimasti legatissimi, nonostante abbiamo concezioni del mondo e della vita opposte. Non avrei mai pensato che un giorno sarei finito sul lettino di un seguace di Freud. Consideravo Freud, al pari di Darwin e Nietzsche, un corruttore dell'animo umano, uno dei principali responsabili della crisi morale dell'uomo moderno. Comunque, non avendo nessun altro con cui confidarmi – il mio vecchio padre spirituale non era proprio il più adatto a darmi consigli sulla relazione con sua sorella –, gli ho raccontato tutto, per filo e per segno. Mi ha detto che senza dubbio alcuno Federica era affetta dal disturbo narcisistico».

Silvia scoppiò a ridere, nervosamente: «Oddio, non ci voleva un grande scienziato per capire quanto mia sorella fosse vanitosa!».

Paolo sembrò contrariato da quella reazione. Tuttavia, con pazienza riprese a spiegare: «Silvia, non si tratta di un attributo secondario del carattere, tutti abbiamo un grado più o meno elevato di narcisismo, nel senso che ci piacciamo, che siamo contenti di stare al centro dell'attenzione o di essere lodati e apprezzati. Qui stiamo parlando di una vera e propria sindrome, di un elemento centrale che influenza tutti gli altri, di una visione complessiva, distorta e patologica del mondo e dei rapporti che si allacciano tra gli esseri umani. Una sindrome che pervade e influenza tutti i comportamenti».

L'uomo guardò l'orologio e aggiunse, con un sospiro: «Il tempo è scaduto. Ci rivediamo la prossima settimana? Vuole?».

Silvia, presa da mille cupi pensieri, annuì.

IX

E tu scenderai sempre più in basso

Mercoledì 5 luglio

«Ge', ciao, sono io. Quando ci vediamo? Ho delle cose importanti da riferirti.»

«Ciao Silvia, passo da te tra mezz'ora, giusto il tempo di chiudere bottega.»

Trenta minuti esatti dopo la telefonata, Eugenia era già in casa dell'amica, seduta al tavolo della cucina. Con la sua puntualità ci si poteva regolare l'orologio.

«Allora? Muoio dalla curiosità... Sono giorni che non ti fai sentire. Che cosa c'è di tanto importante?»

«Rivelazioni sconvolgenti non ne ho, ma particolari interessanti, molto interessanti, sì. Intanto, l'uomo si chiama Paolo e da quello che racconta è rimasto impigliato nelle reti seduttive di Federica, che sicuramente deve avergli fatto passare le pene dell'inferno. È uno di una certa età, con un'impostazione molto tradizionalista, cattolico fervente, sposato e con figli che, dopo una vita integerrima ma noiosa, ha perso la testa per mia sorella... L'anello di smeraldi gliel'ha regalato lui, poi hanno litigato e si sono lasciati...»

«E mi dici niente? Guarda, Silvia, ci sono tutti gli ingredienti per un bel giallo! L'uomo misterioso, potente e sposatissimo che riscopre dopo tanti anni il piacere del sesso e il gusto del peccato, la bella ma perfida fanciulla, la lite furiosa, l'anello prezioso, il movente passionale...»

«Maddai, Eugenia! Paolo mi sembra un uomo provato e ferito, ma del tutto incapace di vendicarsi. Stai lavorando troppo con la fantasia.»

«Sarà... Nei libri gialli le soluzioni sono sempre le più imprevedibili, ma nella vita reale i moventi dei delitti sono più ovvi: i soldi, la gelosia, il tradimento, la vendetta. Non li vedi i telegiornali?»

«Non c'è nessuna prova finora che Fede sia stata assassinata. Solo quel farabutto di giornalista ha provato a insinuarlo, in base a quali elementi non si sa... Per ora non voglio nemmeno prendere in considerazione l'ipotesi del delitto o del sabotaggio. Parliamo invece di cose serie: tu che hai una laurea in Psicologia, che cosa ne sai del disturbo narcisistico di personalità?»

Eugenia, con tono un tantino professorale, cominciò: «Che è una brutta bestia, praticamente inguaribile. Perché il narcisista patologico è talmente privo di empatia nei confronti delle sue malcapitate vittime, che non si rende nemmeno conto di farle soffrire. Come si fa a curare uno che non si accorge di essere malato?».

«E quali sono le manifestazioni, i comportamenti tipici di un narcisista patologico?»

«Cito a memoria: il narcisista è una persona molto insicura ma con una sterminata opinione di sé, mania di grandezza, egocentrismo ed egoismo smisurati. Nel suo mondo distorto esiste solo lui. Ama circondarsi di persone molto importanti, perché si sente destinato naturalmente a grandi cose. Cura ossessivamente l'aspetto fisico e l'abbigliamento. Tende a servirsi degli altri per raggiungere il suo scopo, senza mostrare eccessivi scrupoli. È molto permaloso, detesta le critiche, è invidioso del successo altrui. Manipolazione, negazione e ribaltamento della realtà, capacità di dare sempre la colpa agli altri dei suoi insuccessi sono le sue caratteristiche... Nelle forme più gravi, il narcisista può commettere forme di stalking, persecuzioni e violenze fino all'omicidio. È un disturbo molto presente tra gli uomini, più rari sono i casi tra le donne. Ma ci sono anche loro... Questo è quello che io mi ricordo.»

«Sei una enciclopedia vivente...» commentò Silvia con ammirazione.

«Ma ora dimmi che cosa c'entra questa storia del narcisismo con il tuo incontro con Mister P, anzi con Paolo, giusto?»

«C'entra, nel senso che Paolo, appunto, ha tirato fuori con me l'argomento, in modo piuttosto esplicito. Mi ha detto che secondo lui, anzi secondo uno psicanalista che aveva consultato, mia sorella doveva essere una narcisista patologica...»

«Ma ti ha fornito qualche elemento concreto? Altrimenti mi sembra una diagnosi fatta un po' a cavolo.»

«No, elementi concreti non me ne ha dati. Però, insomma, secondo il suo racconto, lui sarebbe stato la vittima perfetta della sindrome di Federica.»

Eugenia non rispose. Con lo sguardo basso sul cellulare premeva sui tasti con grande velocità.

«Che stai facendo?» chiese Silvia un po' seccata.

«Aspetta un attimo... Ecco, ricordavo bene: c'è una sorta

di test per riconoscere il disturbo narcisistico. Per quello che vale... Sono dieci punti.»

«Dài, leggimeli...» la esortò Silvia, tradendo una certa impazienza.

Eugenia cominciò: «Punto primo. Megalomania. Il narcisista si vede come un essere perfetto, come la persona migliore del mondo, immune da colpe e da errori, e ha un bisogno patologico che questa sua caratteristica sia riconosciuta da tutti quelli che lo circondano. Se una persona della sua cerchia non la riconosce, viene allontanata, denigrata, ostracizzata. Oppure è il narcisista che si allontana repentinamente da lei. Il narcisista non accetta minimamente una critica o una messa in mora».

Silvia ebbe un sussulto. Riportò alla memoria un episodio lontano che aveva rimosso, forse perché molto doloroso. Era avvenuto la sera precedente al trasferimento di Federica a Milano. Avevano avuto uno scazzo pazzesco. Lei aveva rimproverato la sorella per la decisione di andarsene via da casa, facendo soffrire il padre, già distrutto dalla perdita della moglie. E Federica aveva reagito come una vipera, usando parole che mai Silvia avrebbe potuto immaginare.

«Sei una mediocre» le aveva urlato in faccia, «in un mondo di mediocri. Qui dentro si respira un'aria di morte. Io sono viva, sono sprecata in questa casa e in questo paese di merda. Certo che me ne vado a Milano: lì troverò finalmente un ambiente adeguato e delle persone che comprenderanno finalmente quanto valgo.»

Era andata via, sbattendo la porta, e le due sorelle non si erano parlate per un lunghissimo periodo.

«Ok, a megalomania metto sì» disse tracciando una X a matita in alto su un foglio. «Vai avanti...»

Eugenia continuò: «Punto due. Ossessione compulsiva per il successo e il potere. Il narcisista, proprio per la sua visione distorta e megalomane che ha di sé, pretende che la vita e le persone che gli stanno intorno gli diano tutto quello che desidera, in massimo modo il successo, la realizzazione e il potere. Gli spetta tutto, a prescindere dai meriti, che spesso sono inesistenti. Tutti devono servirlo e riverirlo. Non conosce perciò alcuna gratitudine».

Silvia non ci pensò due volte e aggiunse una grande X sul foglio.

«Punto tre?»

«Ossessione per la cura del corpo, per gli oggetti di valore, per i vestiti, le automobili e i gioielli. Il narcisista, che in realtà è un insicuro, è convinto che l'abbigliamento, l'aspetto, gli accessori di lusso conferiscano alla sua personalità il lustro e la considerazione che gli spettano... Pretende pertanto dai familiari, dal partner e dagli amici doni costosissimi e sproporzionati. Se non li ottiene, mette convintamente in dubbio il loro affetto nei suoi confronti.»

Silvia tracciò sospirando una terza X.

Eugenia proseguì: «Forte tendenza alla manipolazione. Quello che non riesce ad avere con le buone, il narcisista tenderà a ottenerlo ricorrendo alla manipolazione e alla distorsione della realtà. Inscenerà malori, tenderà a dipingersi come vittima, cercherà di far credere alle persone che tutti complottano contro di lui. Un narcisista è talmente abile a raccontare menzogne, a costruire castelli di scuse, che spesso finisce per crederci».

«E anche qui, Eugenia cara, ricordando le troppe bugie di Fede, sono costretta a mettere un'altra X. E sono quattro... Poi cosa viene?»

«Punto cinque. Invidia divorante... Leggo?»

«No, guarda. Tra i tanti difetti di Fede, l'invidia proprio non gliela affibbio. Andiamo avanti.»

«Sei. Morbosa attrazione per le sfide. Il soggetto narcisista si sente invulnerabile. Guida l'auto con grandissima velocità, adora le situazioni rischiose, beve o si droga, non si sottopone con regolarità alle analisi mediche, fa sesso non protetto, tenderà a tradire il suo partner o a conquistare donne (o uomini) già impegnati... Se, per esempio, vive relazioni parallele, caso tutt'altro che infrequente, godrà immensamente nell'avere rapporti con il partner e con l'amante nello stesso giorno, a distanza ravvicinata, solo per il gusto del brivido.»

«Non voglio sapere altro... Mi basta l'alta velocità per mettere la sesta X... Punto sette?»

«Zero empatia. Questo significa che il narcisista ha totale incapacità di mettersi nei panni degli altri. Se il suo comportamento per l'autorealizzazione produce sofferenze o disagi in altre persone non se ne accorge proprio e comunque non se ne cura. Esistono solo lui e i suoi desideri. Il resto non conta.»

«Un'altra X...»

Eugenia la guardò con una punta di imbarazzo. Era stata accanto all'amica fin dalle elementari e conosceva bene il suo disagio per il modo di comportarsi di Federica: vederla lì, a rivivere con lei episodi dolorosi, le provocava una grande tristezza. Riprese a leggere: «Punto otto. Svalutazione degli altri. Per innalzare se stesso, il narcisista ha bisogno di abbassare gli altri. Gode quando qualcuno ha un insuccesso e viene rimproverato. Accade specialmente con le persone più vicine, familiari, colleghi o il partner: le critica, le umilia, le sminuisce continuamente, specialmente in pubblico e si compiace del loro imbarazzo, anche se sono altri a provocarlo».

«No, no» commentò Silvia, «questo Fede non lo faceva. Era piuttosto una menefreghista, una che non si curava delle persone, che non considerava mai alla sua altezza; ma svalutare persone care no, proprio no. Né in privato, né tantomeno in pubblico. Può essere capitato, a volte, ma non era assolutamente una costante del suo carattere. Quindi qui niente X. Quanti punti mancano?»

«Due. Il nono è: attitudine a usare gli altri per raggiungere i suoi scopi...»

«Non c'è bisogno di leggere oltre. Metto una X, ma dovrei metterne almeno tre. Ultimo punto?»

«Tendenza al controllo. Il narcisista pretende in modo ossessivo di sapere ogni cosa del partner, degli amici, spesso segna sull'agenda i loro movimenti. Al contrario, non intende rivelare a nessuno particolari che riguardano la propria vita, i propri impegni, i propri spostamenti. È assolutamente reticente o bugiardo rispetto alla sua privacy e considera ogni domanda a lui rivolta, anche la più innocente, come una grave e inaccettabile intrusione nel suo spazio vitale.»

Silvia allargò le braccia: «Quest'ultima caratteristica Federica l'aveva forse persino in maniera più evidente rispetto alle altre... Quando telefonava da fuori doveva sapere tutto di me, di mio marito, delle nipotine, di nostro padre. Sembrava quasi una forma di attenzione affettuosa. Ma in realtà era una mania di controllo. Quanto a lei, non si poteva conoscere nulla. La sua vita, i suoi viaggi, le sue frequentazioni, i suoi sentimenti erano un mistero e tale dovevano restare. E guai a domandarle qualcosa! Ultima e convinta X».

Prese il foglio e cominciò a contare.

«Non c'è bisogno che conti, l'ho fatto già io» la interruppe Eugenia. «Sono otto crocette su dieci domande.»

«Be', allora Fede non era totalmente narcisista, mancano almeno due caratteristiche fondamentali: l'invidia e la svalutazione.»

Eugenia la guardò impietosita: «Qui veramente c'è scritto che per identificare una personalità narcisistica basta rispondere sì a cinque quesiti su dieci...».

Silvia si abbandonò sconfortata sulla sedia. Eugenia cercò di consolarla: «Guarda che comunque questo test è totalmente empirico, inattendibile, poco più di un gioco. Può darti una tendenza, ma mai fornire una diagnosi! Quella la può fare solo uno specialista. E a proposito di manipolazione, vorrei dirti una cosa, a mio parere importante. Non so se la gradirai, ma sento il dovere di metterti in guardia».

Silvia la guardò contrariata: «Avanti, sentiamo!».

«Chi ti assicura che Mister P, Paolo, o come diavolo si chiama, ti stia dicendo la verità? E se fosse lui il manipolatore, il vero narcisista? Se ribaltasse la realtà a suo uso e consumo, mettendo in cattiva luce Federica, in modo che si elevi lui? Non lo conosci, non sai nulla di questo fantomatico Paolo. Io farei molta attenzione. Tienilo bene a mente, sorellina. E stai accorta, mi raccomando...»

«Mah, Ge', a me sembra sincero. E poi conoscevo bene

mia sorella e il suo carattere difficile. Il ritratto che Paolo ne fa è abbastanza aderente alla realtà. Comunque su una cosa hai ragione tu, meglio essere prudenti. Mi dici piuttosto da dove hai preso quel test sul narcisismo?»

«Da un sito, abbastanza serio, di psicologia. Ti mando il link su WhatsApp.»

Silvia accompagnò l'amica alla porta e le disse: «Piuttosto, della chiavetta di Fede hai saputo nulla?».

«Ah sì, mi stavo dimenticando. Il mio amico hacker continua a lavorarci, ma ha praticamente perso ogni speranza. Dice che l'unica cosa da fare, se vogliamo provare ad aprire quei file, è quella di portargli il pc di Fede.»

«Va bene, va bene. Presto andremo a prenderlo a Milano. Mi sento quasi pronta...»

Si abbracciarono forte. Silvia seguì la figura minuta dell'amica che scendeva per le scale a due gradini alla volta, finché non sparì completamente dalla sua vista. Tornò in cucina, aprì il messaggio di Eugenia sul cellulare e cliccò sul link. Scorse nuovamente le dieci domande, forse per cercare un appiglio che ribaltasse il verdetto precedente, ma la conferma arrivò implacabile. Poi la sua attenzione fu attratta da un link in fondo alla pagina, il cui titolo recitava: *Il Narcisista e l'Empatico. La tempesta perfetta.*

Lo aprì e cominciò a leggere, avidamente. Arrivò in fondo e rimase a bocca aperta. Ricominciò da capo, come se non credesse a quello che aveva appena letto. Chiamò Eugenia sul cellulare.

«Ge', ariciao, ho una cosa urgente da dirti...»

«Silvia, che succede? Mi fai preoccupare.»

«Senti cosa dice il tuo sito di strizzacervelli a proposito delle relazioni sentimentali del narcisista. In sostanza, ti riassumo, il narcisista va a caccia delle persone empatiche, molto generose e disponibili, quelli con la sindrome della crocerossina o del crocerossino, insomma. Quando ne trova una che corrisponde al suo identikit, comincia quello che gli esperti chiamano il *love bombing*, ossia il corteggiamento intenso. In questa fase, il narcisista cerca di acquisire il maggior numero di informazioni possibili dalla sua preda, per usarle a suo favore. Questa cosa mi ha impressionato. Sai che cosa mi ha raccontato Paolo?»

«Dimmi» rispose Eugenia con poca convinzione.

«Che mia sorella gli aveva fatto bere che era pazza di Beethoven! Ma figurati, penso che nemmeno sapesse quante sinfonie aveva composto...»

«E questo che significa?»

«Ma scusa, Eugenia, l'articolo dice che il narcisista si informa e crea, durante la fase di cattura, una personalità che combacia perfettamente con i gusti, gli interessi e la sensibilità della persona che ha messo nel mirino... Esattamente quello che ha fatto Federica con Paolo. Quando poi la preda cade nella trappola, comincia per lei una vita d'inferno, alla quale però non riesce a sottrarsi a causa dell'atteggiamento manipolatorio del suo persecutore. La vittima, invece di fuggire a gambe levate, si colpevolizza, si chiede dove abbia sbagliato, in che cosa abbia mancato per accontentare il suo aguzzino.»

«E tu credi fermamente a Paolo? Sei sicura che la storia di Beethoven sia vera? E tutto il resto? E se fosse la trama di un film alla Hitchcock, dove alla fine si scopre – *wow!* – che l'accusatore è il vero impostore e l'accusata è invece la povera vittima? Di questo Paolo cosa sai? Niente di niente... Solo che è un uomo potente, che non vuole rivelare la sua identità a nessun costo e che conosce molte cose su tua sorella. Tesoro, guarda, non voglio avere per forza ragione io. Ma una cosa te la devo dire, senza che tu ti arrabbi...»

«Non mi arrabbio, sputa il rospo.»

«Giuramelo!»

«Ok, giuro che non mi arrabbierò qualunque stronzata tu stia per sparare. Perché sono sicura che sarà una stronzata.»

«Ti sei molto infervorata attorno a questa vicenda di Federica e, per molti versi, è anche comprensibile. Ma ti devo ricordare io che i vostri rapporti erano pessimi, disastrosi, fin da quando eravate piccole? Due mondi, due mentalità, due modi diversi di comportarsi. La sua partenza per la città ti ha lacerata, l'hai vissuta come un tradimento. Non vorrei che l'esperienza traumatica che hai vissuto ti facesse in qualche modo velo, scegliendo inconsciamente la tesi di questo Paolo, che ti dà ragione. Ossia che tua sorella era una psicopatica, una narcisista patologica. Un modo, magari un po' brutale, ma abbastanza risolutivo per metterti in pace con la coscienza e di chiudere i conti: povera Federica, era una squilibrata, con lei non c'era nulla da fare...»

«Onestamente, Eugenia, ora la pazza mi sembri tu con questi ragionamenti a cavolo di cane...»

«Sarà... Però ti devo avvisare. Questo tipo che si presenta come il cavaliere senza macchia, sedotto e abbandonato, non mi piace affatto. Nasconde qualcosa, non so cosa, ma so che lo fa. E non bisogna mai fidarsi di chi nasconde le cose.»

«Anche mia sorella le nascondeva, anzi le faceva sparire e

riapparire dove e quando voleva lei. Era una vera illusionista, una dea del raggiro...»

«Non avevo finito: devo dirti un'altra cosa riguardo quell'uomo che frequenti. Non sarà mica lui il narcisista che sta usando il *love bombing* con te?»

«Figurati...»

«Senti, Silvia, ti conosco da quando stavamo sui banchi delle elementari. Guardati: sei tornata a curare il tuo aspetto come non facevi da anni e lo fai in particolare sempre prima di incontrare quell'uomo. E, soprattutto, posso dirti, senza tema di smentita, che quando parli di questo Paolo ti si illuminano gli occhi...»

«Ma va' là! Questa è davvero ridicola» protestò Silvia ostentando sicurezza. Le parole dell'amica, però, erano state come un pugno nello stomaco.

X

L'acqua amara che porta maledizione

Martedì 11 luglio

Mentre si stava recando in auto verso il nuovo appuntamento, Silvia fu colta da un cupo pensiero, quasi un presentimento: e se Paolo, di lì a poco, non si fosse presentato? Se avesse deciso di sparire? Che cosa avrebbe potuto fare lei per ritrovarlo? Praticamente nulla. Se Paolo avesse mancato a quell'appuntamento, lei avrebbe perduto ogni speranza di squarciare il velo di mistero che avvolgeva la vita e la morte di sua sorella. Si sentì a un tratto confusa, smarrita. Eugenia, con la sua mania dei gialli, nei giorni precedenti ne aveva sparate tante, anzi troppe, soprattutto sul conto di Paolo. Ma su una cosa non aveva torto: la ricerca della verità su Federica era diventata, in quei giorni difficili e tristi, la sua unica ragione per andare avanti.

Entrò nel bar, salutò il titolare con un cenno del capo, e si sedette al solito tavolino. Guardò fuori dalla vetrina, in attesa di veder comparire la Mercedes scura. Rimase per un po' con lo sguardo fisso, cercando di scacciare i pensieri negativi. Ma i minuti passavano veloci e di Paolo non si vedeva nemmeno l'ombra.

Guardò l'orologio al polso: 15.15. Fino a quel giorno Paolo era stato sempre puntualissimo. Decise che avrebbe aspettato al massimo un altro quarto d'ora. Ma allo scoccare delle 15.30 la disperazione la trattenne ancora bloccata alla sedia. Dopo un'altra manciata di minuti, un tempo che a lei parve interminabile, si alzò e si avvicinò al barista, intento a lucidare i bicchieri con uno strofinaccio.

«Mi scusi, qualcuno ha lasciato un messaggio per me?»

«No» rispose lui allargando le braccia. Sembrava sinceramente dispiaciuto. «Gliel'avrei detto subito, quando è entrata...»

Silvia avvertì solo in quel momento che la sua era stata una domanda stupida. Fece per uscire. Il telefono del bar suonò, con un trillo acutissimo. Si fermò come paralizzata, guardando negli occhi il barista che stava rispondendo.

«Sì, è qui. Gliela passo subito» sussurrò dentro la cornetta. Poi alzò lo sguardo verso la donna, ammiccando: «È per lei».

«Pronto... Paolo!»

«Silvia, mi deve perdonare. Ho avuto un contrattempo dell'ultimo minuto. E non sono riuscito a chiamarla prima.»

L'uomo ansimava.

«Niente di grave, mi auguro...»

Paolo non rispose e Silvia si sentì il sangue ghiacciare nelle vene.

«Ma sta bene? Mi dica, la prego...»

«Ora sì. Va tutto bene. Lei tra mezz'ora come è messa?»

«Sono libera fino alle 18. Poi devo tornare a casa. L'aspetto qui?»

«No, no. Quel bar non va più bene.»

«Mi dica, allora, dove possiamo vederci.»

«Sulla statale, a tre chilometri circa dal bar in direzione Milano, c'è un vecchio distributore di benzina dismesso. Mi troverà lì, sul retro. Mi rendo conto che è un posto poco confortevole, ma almeno saremo al riparo da occhi indiscreti.»

«Va bene, ci vediamo lì tra poco» confermò, carica di adrenalina. Salì sull'auto, fece manovra e partì a razzo. Ma mentre guidava fu pervasa da una serie di dubbi sull'opportunità di incontrare uno sconosciuto in un luogo così isolato. Che cosa poteva essere capitato di tanto grave? Da un lato la curiosità la divorava. Si sentiva coinvolta, in prima persona, in una specie di eccitante spy story. Dall'altro lato il suo sesto senso, rinforzato dalle continue raccomandazioni per le donne sole che provenivano da ogni parte, la rendeva angustiata e diffidente. Maledì se stessa per non aver dato retta a Eugenia e per non essersi appuntata la targa della Mercedes.

"Lo farò ora" si disse, provando a tranquillizzarsi, "e la manderò a Eugenia su WhatsApp."

Ma quando entrò nella piazzola, la Mercedes non c'era. Scese dall'auto e girò intorno al casotto, con estrema circospezione. Paolo era lì dietro, in piedi, appoggiato al muro, e stava fumando una sigaretta.

«Buonasera, Silvia.»

«Buonasera a lei. E la sua auto?»

«L'ho fatta andare via, l'autista tornerà a prendermi tra un'ora esatta. Lasciare l'auto in vista sul piazzale sarebbe stato troppo rischioso.»

Silvia si irrigidì: «Mi scusi, prima che cominciamo la nostra conversazione, sarebbe così cortese da darmi una buona motivazione del fatto di avermi trascinata in un luogo così desolato?».

L'uomo sembrò particolarmente colpito da quel rilievo. Sembrava confuso. Balbettò, quasi tra sé e sé: «Ha ragione, ci avrei dovuto pensare». Si guardò intorno come a misurare il vuoto circostante e rendersi conto dell'errore commesso. Poi alzò lo sguardo verso Silvia. Era uno sguardo velato di sorpresa. Una sorpresa triste. Continuò: «Lei non si fida di me, Silvia… Mi rendo conto».

«Non è questione di fidarsi o meno. È la situazione che è particolarmente insolita, per non dire altro.»

«Mi deve scusare. Non sono abituato. In genere le persone hanno fiducia in me e quindi non ci ho proprio fatto attenzione. Vuole andare via? Mi dispiacerebbe, ma capirei.»

Silvia era perplessa. Certo, se fosse stata aggredita, le sue urla non sarebbero state udite da nessuno. Ma quell'uomo autorevole e gentile tutto le ispirava tranne che timore.

«Rimango, ma mi deve consentire di inviare a una mia amica un messaggio con la mia posizione…»

«Certamente, mi pare il minimo» rispose l'uomo, gettando il mozzicone di sigaretta in terra e spegnendolo con il piede.

«Non sapevo che fumasse sul serio» commentò lei rassicurata, dopo aver spedito il messaggio a Eugenia.

«Avevo smesso da anni, ho ripreso dopo la fine della relazione con Federica. Con tutta evidenza una forma, autodistruttiva, di compensazione.»

Sorrise.

Si sedettero, l'uno di fianco all'altra, sul muretto di mattoni che delimitava il confine dell'ex area di servizio. Dietro di esso c'erano, a perdita d'occhio, campi secchi e polverosi, pieni di stoppie. La donna non perse tempo: «Allora, me lo spiega o no questo improvviso cambio di posto?».

«Guardi, forse è solo una mia paranoia. Stavo per arrivare al nostro bar e c'era un'auto dietro la mia, che ci seguiva da un pezzo. Ho detto all'autista di passare oltre e la macchina era ancora incollata dietro di noi. Abbiamo compiuto una rapida inversione a un semaforo, il tipo ha tentato anche lui, ma il semaforo è diventato rosso ed è rimasto bloccato. Ho chiesto all'autista di accelerare e credo che l'abbiamo seminato. Insomma, non è stato un bel momento.»

«Ma chi potrebbe avercela con lei, tanto da pedinarla?»

«Per l'attività che svolgo sono potenzialmente molti i nemici a cui piacerebbe mettermi in cattiva luce.»

Silvia lo guardò pensierosa. Poi la buttò lì: «Mi deve dire subito una cosa importante. Mia sorella la ricattava in qualche modo? O, per quanto lei ne sappia, poteva ricattare qualcun altro?».

Paolo sembrò stupito da quella domanda. Stette a riflettere per un po', frugando nella memoria.

«Per quanto riguarda me» rispose, «direi proprio di no. No, almeno, se lei si riferisce a un ricatto vero e proprio, a una estorsione, un reato insomma, con minacce di rivelare segreti inconfessabili. Se parliamo di ricatti morali, invece, di pressioni, bizze, capricci, quanti ne vuole» aggiunse sorridendo. «Ma questa è un'altra cosa. Se ricattasse invece qualcun altro, non saprei proprio che dirle. Non ne sono a conoscenza.»

«E ritiene che Federica, per come l'ha conosciuta, sarebbe stata capace di ricattare qualcuno?»

«Sua sorella era molto spregiudicata. Ma fino al punto di commettere un crimine? No, questo mi sembra abbastanza inverosimile. Poi, certo, il suo carattere aveva molti lati oscuri. Ma, insomma, tenderei a escluderlo.»

«La ringrazio. Questa sua risposta mi conforta. Ora vorrei chiederle di più sulla fine della relazione con mia sorella. Lei, in un colloquio precedente, mi ha raccontato che era stata una sua decisione...»

«Come le ho detto, fui io a lasciarla. Ma la mia scelta, tutt'altro che facile, avvenne in seguito a una serie di comportamenti di Federica che avevano davvero passato il segno. Me ne aveva combinate talmente tante che era impossibile che rimanessi con lei. Non era solo orgoglio personale, ma una questione di vita o di morte. Stavo per perdere la salute, fisica e mentale.»

«Anche qui, mi deve raccontare qualche particolare...»

Paolo sbuffò, alzò gli occhi al cielo e rispose: «E sia. Le ho promesso di raccontarle la verità. E così sarà anche se fa male a me e, suppongo, farà del male a lei».

«Più male di quello che si prova davanti alla morte di una sorella nel fiore degli anni? Nulla, credo, potrà più scalfirmi.»

«Questo non lo so. Lei ha un animo sensibile e ritengo che non rimarrà indifferente rispetto a quanto sto per raccontarle.» Paolo si accese un'altra sigaretta. Tirò due boccate e riprese: «La rottura si consumò a seguito di furibonde discussioni sul futuro del nostro rapporto... Federica, dopo qualche mese, mi rivelò che mai aveva amato una persona come amava me e che desiderava ardentemente regolarizzare, come dire, la nostra relazione».

«Un classico: le chiese di lasciare la sua famiglia per mettersi con lei...»

«Non era facile per me decidere. Presi tempo. Ero dilaniato. Passai giorni e notti d'angoscia. Alla fine le comunicai la mia scelta: le dissi che, pur amandola alla follia, non me la sentivo di costruire la nostra felicità sull'infelicità che avrei provocato in persone che mi avevano fatto soltanto del bene.»

La voce di Paolo si era incupita.

Silvia attaccò con decisione: «Be', che dire? Siamo nel cliché più frusto... L'amore è eterno finché non si chiede di lasciare la mogliettina. Non conosco le sue motivazioni e mi guardo bene dal giudicarla. Mi dispiace solo per mia sorella. Per una volta che si era innamorata davvero di un uomo... Sa che le dico, Paolo? Che se lei avesse trovato un po' di coraggio, per mollare la sua famiglia, magari Federica non sarebbe morta...».

L'uomo divenne paonazzo. Sembrava sul punto di esplodere. Silvia ebbe paura e scattò in piedi, pronta a scappare. Con un palese sforzo, che doveva essergli costato parecchio, Paolo riuscì a reprimere la rabbia. Assunse un'espressione compunta e disse con voce calma e bassa: «Me lo sono chiesto anch'io se avessi delle responsabilità nella morte di Federica. Mi sono risposto di no, ma non sono stato convincente, nemmeno con me stesso».

Silvia, vedendolo soffrire così, si pentì di aver infierito: «Mi dispiace per quello che le ho appena detto, non volevo accusarla né ferirla...».

«Non si preoccupi, Federica è un pensiero doloroso che non mi abbandona mai, un nervo scoperto. Lei non ha alcuna responsabilità per la mia angoscia.»

La donna gli poggiò la mano su una spalla, per consolarlo: «Torniamo al racconto. Poi cosa accadde?».

«Eravamo a cena sul Lago Maggiore. Manco a dirlo» l'uomo abbozzò un sorriso amaro, «in un albergo di lusso con stazione termale annessa. Un posto da sogno. Federica attendeva da me una risposta sul nostro futuro. Indossava un vestito rosso, bellissimo, che le avevo regalato io. Ed era truccata di tutto punto. Era stupenda. A fine cena, però, le comunicai, con il cuore gonfio di tristezza e di imbarazzo, la mia decisione: non avrei mai lasciato la mia famiglia.»

«Conoscendo Fede, posso solo immaginare come reagì! Le avrà rotto una bottiglia in testa...»

«E invece no! Sua sorella sorprese anche me. La sua reazione fu incredibilmente fredda e distaccata. Mi disse che era molto dispiaciuta e delusa, ma che non voleva rinunciare a me e che quindi si sarebbe accontentata del ruolo di amante. Aggiunse che anch'io avrei dovuto comportami di conseguenza. Lì per lì, ero talmente felice di non averla perduta che non compresi appieno il senso delle sue parole. Ma cominciai, mio malgrado, a capirle già dalla stessa notte...» Paolo si arrestò, imbarazzato, e aggiunse: «È proprio sicura di voler conoscere la verità? È piuttosto scabrosa».

Silvia gettò la testa all'indietro e proruppe in una risata nervosa: «Guardi, Paolo, dopo lo shock che mi ha procurato con la rivelazione sulla vasca idromassaggio, nulla potrà più turbarmi!».

L'uomo la guardò di sottecchi, poi scoppiò a ridere anche lui. A un tratto si fece serio: «Qui non si tratta di particolari osé, che peraltro non sono bravo a raccontare. Le sto chiedendo se davvero vuole che le sveli aspetti sconcertanti della complessa personalità di sua sorella, che sicuramente la metteranno in cattiva luce».

«Non temo nulla... E di Federica non mi sorprende più niente.»

«D'accordo. Fin dalla prima notte, dunque, dopo il mio rifiuto, Federica cominciò a comportarsi in modo fortemente vendicativo e rivendicativo. Mi disse subito che si sentiva la mia puttana, disse proprio così, perché io, non volendo portare alla luce del sole il nostro rapporto, la consideravo a tutti gli effetti come tale. Protestai immediatamente, le risposi che io l'amavo, e che le prostitute si pagano ma non si amano, ma lei mi zittì. Aggiunse che se non la volevo come compagna quotidiana di vita, allora dovevo viziarla, lusingarla, assecondare ogni suo capriccio, farla divertire. Altrimenti avrebbe scelto un altro uomo, più generoso di me. All'inizio pensavo scherzasse. E, invece...»

«Invece?»

«Cominciò l'inferno. Ogni volta che facevamo l'amore, il che avveniva sempre più di rado, lei pretendeva un compenso, un premio... Regali molto costosi, scarpe, borse, abbigliamento, viaggi, ma anche denaro. Per la palestra, per l'estetista, per i massaggi. Sosteneva che era giusto che mi accollassi le spese per la cura del suo corpo, dato che ero io a usufruirne. Mi vergogno a dirlo: ma aveva persino stabilito un tariffario.»

«E lei accettò?»

Paolo si nascose il viso con le mani: «Sì, pur di non perderla l'assecondavo. Pagavo, in silenzio, cifre sempre più alte. Un po' come un giocatore d'azzardo che, per rimanere nel giro, è costretto, nonostante i continui rovesci, a raddoppiare ogni volta la posta. Per compiacerla ho commesso anche delle avventatezze sul piano finanziario. Mi sono indebitato e ho usato fondi di famiglia. Ma magari fosse stato solo questo...».

Silvia strabuzzò gli occhi, incredula. Paolo continuò: «Mi sfidava, mi provocava continuamente. E aveva preso a svalutarmi, a umiliarmi, a criticarmi per ogni inezia. Aveva trovato il mio punto debole, il mio tallone di Achille: l'amore, l'attrazione irresistibile che provavo per lei. Mi aveva in pugno: mi maltrattava, era sempre arrabbiata con me, e io, ogni volta, invece di reagire alle sue folli richieste, mi colpevolizzavo, chiedendomi dove avessi sbagliato, che cosa avessi fatto di male, in cosa avessi mancato. Il mio unico scopo era ormai diventato quello di accontentarla. Per comprare il suo amore, per averla! Ma più moltiplicavo le mie attenzioni, più lei diventava esigente, come una dea crudele che, per essere placata, chiede ai suoi fedeli offerte sempre più massicce. Alternava dolcezza e pretese. Dosava con estrema perizia castighi e premi. E alzava sempre il livello dell'azzardo. Era un gioco al massacro, il mio, che subivo senza riuscire a sottrarmi».

«Lo sa che sono una donna di paese...»

L'uomo sbottò: «Li desidera proprio questi esempi? L'accontento subito! Una volta mi persuase, con lusinghe e minacce, ad accompagnarla in un club di scambisti. Io non volevo, protestai, le dissi che era una proposta indecente, intollerabile, che non avrei mai potuto scambiarla con nessun'altra, che avrei avuto ribrezzo a fare sesso con un'altra donna, che mi sarei ucciso piuttosto che darle il consenso di buttarsi davanti a me nelle braccia di un altro. Un'affermazione, quest'ultima, che qualche mese dopo avrei pagato molto cara. Lei rise delle mie remore, disse che si trattava solo di un gioco eccitante per noi due, mi assicurò che saremmo andati solo a vedere, senza partecipare minimamente. Alla fine mi lasciai convincere, anche allettato dalla ricompensa che mi aveva promesso, un week-end intero, da soli, in una baita in montagna. Lei capisce fino a che punto mi ero lasciato manipolare?».

Paolo era viola. Per non metterlo ulteriormente in imbarazzo, Silvia abbassò gli occhi fino a guardarsi le punte dei piedi, che sbucavano graziosamente da un paio di sandali di cuoio.

Il suo interlocutore proseguì: «Entrare in quel luogo sordido fu, per me, uno shock. Individui abietti, accompagnati da donne equivoche, si avvicinavano continuamente, strisciando, al nostro tavolo, proponendomi baratti innominabili. Lei, invece, sembrava a suo agio in quell'atmosfera turpe, tra quei corpi discinti e quell'odore putrido. Faceva di tutto per mettersi in mostra, per attirare verso di noi quelle bestie fameliche. Era giovane, bella, elegante, provocante, in mezzo a una folla di individui ripugnanti. Mi fissava divertita, mentre scacciavo via quegli immondi questuanti, e rideva di me. Godeva del mio imbarazzo. Mio Dio! Mai avrei pensato di poter scendere a questi livelli di degrado e di abiezione...».

Silvia lo guardò, piena di dubbi. Immaginare quell'uomo perbene in balia dei flutti del vizio le provocava una pena sconfinata. Tuttavia, per quanto conoscesse la spregiudicatezza della sorella, le veniva difficile credere nella veridicità di quel racconto.

«Federica» proseguì l'uomo «stava sfogando su di me

tutto il suo narcisismo maligno. Voleva punirmi per averle detto di no e si esaltava umiliandomi. Era il gusto del potere, il piacere di dominarmi, di ridurmi a un pupazzo senza volontà e senza dignità, completamente nelle sue mani…»

«Paolo, io posso comprendere il suo disagio e la sua sofferenza. Però, prima di emettere diagnosi psichiatriche, le vorrei semplicemente riformulare una domanda che le ho fatto già in passato, ossia se ha mai pensato di mettersi nei panni di mia sorella: una giovane donna che l'amava profondamente, che ha ricevuto da lei impegnative parole d'amore e che si è infine vista rifiutare, per la sua irresolutezza, il sogno di una vita in comune… Vede, Federica diceva sempre che non voleva legami, che non avrebbe amato veramente nessuno, che desiderava essere libera. A lei, solo a lei, Paolo, aveva proposto un progetto di amore e di vita in comune. Non voglio assolutamente giustificare certi suoi eccessi, non aveva un carattere facile, tutt'altro: ma, insomma, mia sorella l'amava come non aveva mai amato nessun altro. E di fronte al suo rifiuto, le si è spezzato un sogno: e allora è più facile comprendere la sua reazione.»

«Nei panni di Federica sì, mi ci sono messo, eccome. Avvertivo su di me il peso insostenibile del senso di colpa per non essere stato capace di assecondare il suo desiderio, di non aver lasciato la mia famiglia per lei e, per questo, ero disposto a concederle e a perdonarle tutto. Le proposi varie volte di separarci, di sparire per sempre dai suoi occhi. Ma Federica non intendeva affatto lasciarmi. Mi amava, sicuramente. Ma per lei ero anche la vittima, il divertimento e soprattutto la fonte del potere: un atto di ribellione le avrebbe minato l'autostima. Come una vampira aveva continuamente bisogno di nutrirsi del mio sangue... Cominciò in quel periodo a frequentare un altro uomo, ma solo per rabbia e per punirmi...»

«Come fa a dirlo? Magari cercava in lui quello che lei non le avrebbe mai potuto dare.»

«Ne avevamo parlato tante volte. Le avevo sempre detto che se avesse trovato un uomo della sua età, un bravo ragazzo di cui innamorarsi, con cui mettere su famiglia, con cui condividere un progetto di futuro, io sarei stato felice per lei e mi sarei tirato indietro. Ma non era questo il caso. Intanto, era un uomo non libero. E anche lui molto più anziano. Un tipo senza arte né parte, che mai avrebbe lasciato la moglie, proprietaria della palestra in cui lavorava e da cui dipendeva economicamente. Era istruttore di pilates, ma anche sedicente pranoterapeuta, un uomo tutto muscoli e poco cervello. Non esattamente il tipo di Federica. Un paggio, un valletto, un cavalier servente. Forse un giocattolo sessuale. Lei questa relazione me la teneva nascosta, ma io la scoprii.»

Silvia pensò alle parole di Eugenia sui moventi dei delitti e si fece diffidente: «Come sapeva tutte queste cose sul nuovo accompagnatore di Federica, se mia sorella gliele teneva nascoste?».

«Fu il caso o forse un'intuizione. Una sera, dovevamo vederci alle 21, arrivai sotto casa di Federica con grande anticipo. Citofonai, ma non ebbi risposta. Pensai che non fosse ancora rincasata. Non ero provvisto di chiavi, lei non aveva mai voluto darmele. La chiamai più volte al cellulare, ma non rispondeva. Così decisi di fare due passi attorno all'isolato. Da lontano, mentre tornavo, vidi una grossa auto sportiva, guidata da un uomo, da cui discese sua sorella, che si infilò furtiva nel portone. Due minuti dopo ricevetti la sua telefonata sul cellulare, nella quale mi diceva, spudoratamente, che era in casa da più di un'ora e che non aveva sentito il telefono, perché era sotto la doccia... Quella bugia alimentò immediatamente i miei sospetti. Perché mentirmi così? Sarebbe bastato dirmi che l'insegnante di pilates l'aveva riaccompagnata a casa dopo la lezione... Mi sentii immediatamente mancare la terra sotto i piedi. Ero in preda a un attacco di panico, non sapevo che dire e che fare. Avevo bisogno di tempo per schiarirmi le idee. Trovai un pretesto. Le risposi che l'avevo chiamata per avvisarla che non mi sentivo affatto bene e che per quella sera sarei rimasto in albergo. Lei ne prese atto freddamente, come se il mio malore non la riguardasse. Rimasi lì per strada, a distanza, incerto sul da farsi. Di lì a poco, la macchina sportiva tornò e parcheggiò. Evidentemente Federica aveva richiamato il tipo. Non voleva sprecare la serata: rividi quell'uomo salire da lei con una bottiglia di champagne in mano. A quel punto, disperato, me ne tornai in albergo. Il colmo fu ricevere attorno all'una il suo solito messaggio notturno: "Buona notte, amore mio"...»

Silvia sospirò, piena di comprensione. «Capisco... Gliene ha combinate davvero tante mia sorella. Ma come ha fatto a conoscere tutti i particolari su quell'uomo? Glieli ha riferiti Federica?»

«No. Sarò un uomo all'antica, ma non sono un ingenuo. Mi ero annotato il numero della targa dell'auto. Lo sa? Basta entrare nel sito dell'Aci per risalire al titolare, con nome, cognome e indirizzo. Avendo questi dati, non mi è stato difficile scoprire il resto. Ah, al riguardo: se vuole fare la prova con la targa della Mercedes sappia che non scoprirà nulla su di me. È intestata a una società di leasing.»

Un rombo di motore interruppe la conversazione. La berlina scura era entrata nel piazzale.

«Eccola, a proposito. Finirò il racconto la prossima volta» le disse Paolo, «sempre che lei lo voglia ancora ascoltare. E che continui a credermi, dato che questa storia ha dell'incredibile. Ci vediamo qui martedì prossimo alla stessa ora?»

La donna annuì in silenzio. L'uomo fece per andarsene, senza nemmeno salutare. Aveva gli occhi gonfi e arrossati. Silvia lo tirò per un braccio, bloccandolo: «Mi deve però ancora dire una cosa importante...».

«Prego.»

«Si è fatto qualche idea sulla persona che potrebbe averla seguita in auto? Potrebbe essere in qualche modo collegata a mia sorella?»

«La mia strada e quella di Federica si sono incrociate per un lungo tratto» rispose sibillino mentre si accomodava in auto, «e non posso escludere che qualcuno che voleva fare del male a sua sorella, ora se la prenda con me.»

«Mi dica, almeno, se sospetta di qualche persona in particolare!» gli urlò Silvia, mentre l'auto stava cominciando a muoversi.

L'uomo, da dietro al finestrino, scosse la testa, in segno di diniego.

XI

Come il mare solleva le onde

Sabato 15 luglio

Alle 9 di mattina, con un po' di fresco, la Ford Fiesta grigia, con a bordo le due amiche, percorreva la Milano-Laghi in direzione sud.

«Sto cercando di non pensarci, ma mi fa davvero impressione l'idea di entrare in casa di Fede. Credo di esserci stata al massimo quattro o cinque volte» disse Silvia, che era alla guida.

«Lo capisco» rispose Eugenia, gli occhi nascosti da un enorme paio di occhiali da sole.

Il viaggio proseguì in silenzio fin quasi alla periferia di Milano. Poi Eugenia, che aveva attivato il navigatore sul suo cellulare, cominciò a dare le indicazioni all'amica.

«Gira a destra, dopo Porta Ticinese. Tra otto minuti ci dovremmo essere. Speriamo di trovare posto.»

Parcheggiarono in via Mario Pichi, a meno di cento metri dal grande palazzo grigio di dieci piani, sulla cui sommità c'era la mansarda di Federica. Silvia si arrestò di fronte al cancello, guardando in alto. L'amica le mise una mano sulla spalla e quel gesto la incoraggiò.

«Sì, Ge', saliamo. Togliamoci subito questo dente.»

Entrarono in ascensore e Silvia pigiò sulla tastiera il numero 9. Poi avrebbero dovuto salire ancora un piano, a piedi. Il monolocale di Federica, così come l'abitazione di Inés, erano stati ricavati – abusivamente e poi condonati – negli antichi locali dei cassoni.

Arrivarono sul pianerottolo. Silvia tirò fuori la chiave, ma si accorse, con grande stupore, che la porta dell'appartamento era socchiusa. La serratura era stata forzata.

«Questa cosa non mi piace per niente» commentò Eugenia, spingendo con circospezione il battente. Si guardarono negli occhi, in silenzio, e trattenendo il respiro entrarono. Nell'appartamento non c'era nessuno e tutto appariva esattamente come l'avevano trovato l'altra volta. Eugenia corse verso la scrivania, realizzò e si mise le mani tra i capelli: «Il computer, cazzo! Non c'è più. Sono stata davvero una cretina a non prenderlo!».

Guardò sconsolata l'amica, in cerca di indulgenza. Silvia la fissava imbambolata, stava ancora metabolizzando l'emozione di essere entrata in casa della sorella. Tornò in sé: «Allora sono stata stupida anch'io che non ti ho chiesto di prenderlo! Ma adesso che facciamo?».

Eugenia si lasciò cadere su una poltrona.

«Dobbiamo fare denuncia ai carabinieri. Comunque, Silvia, chi è entrato qui lo ha fatto a colpo sicuro. Cercava il pc e nient'altro. Non sono topi di appartamento, altrimenti avrebbero tirato giù tutto, smontato gli armadi, squarciato i divani e divelto persino i sanitari.»

«Hai ragione. Ma chi poteva avere interesse a rubarlo e soprattutto perché?»

«Il perché mi pare abbastanza chiaro. In quel pc – e anche nella chiavetta, ma il nostro ladro non può saperlo – ci sono dei file importanti e delicati. Su chi poteva avere interesse, be', mi pare che, almeno finché non apriamo quei file, la rosa si restringa a pochissime persone.»

«Fondamentalmente a due» confermò Silvia. «Paolo e l'istruttore di pilates, il tipo dai capelli crespi, che Inés ha detto di aver visto varie volte gironzolare qua attorno. Sono entrambi sposati e potevano essere rovinati dalla diffusione di foto o video compromettenti...»

«Siamo sicure che non possa esserci un terzo uomo?» domandò Eugenia con aria ammiccante.

«Ge', sul terzo uomo non ti seguo...»

«Te lo spiego io. Non abbiamo sufficienti certezze che l'istruttore di pilates, di cui peraltro abbiamo appreso l'esistenza solo dalle parole di Paolo, sia l'uomo con il riportino che Inés ha intravisto armeggiare attorno alla porta di Federica. Così come, allo stesso modo, non sappiamo se l'uomo che ti ha telefonato per domandarti delle chiavi sia lo stesso istruttore...»

«E allora chi diavolo potrebbe essere?» domandò Silvia esasperata.

«Potrebbe essere benissimo l'istruttore di pilates, ma anche no. Seguimi un attimo. Paolo è un uomo importante, giusto?»

«Sì, su questo non ci piove...»

«Bene. E se fosse stato lui a volere il computer, pensi che sarebbe venuto di persona, con il rischio di essere riconosciuto, a scassinare la porta?»

Silvia soppesò quelle parole.

«In effetti, no...»

L'amica proseguì il ragionamento: «Se Paolo voleva mettere le mani sul pc, sicuramente avrebbe incaricato qualcun altro: ed ecco il terzo uomo».

«Ma se invece avessimo la certezza che l'uomo con i capelli crespi, quello che ha visto Inés, è l'istruttore di pilates, allora l'ipotesi del terzo uomo cade...»

«Cadere a priori proprio no. Diciamo che però semplificherebbe il quadro» rispose Eugenia. «Ma chi ce lo può dire?»

«Paolo! Ti ricordi cosa ti ho raccontato? Lui l'ha visto, sia pure da lontano, ed è risalito alla sua identità...»

«Eh già, visto che ci sei, chiamalo subito al telefono, il tuo Paolo, e fatti raccontare» rispose l'amica con tono sarcastico.

«Scema... Cercherò di farmelo dire martedì prossimo. E noi ora che facciamo?»

Eugenia rispose con decisione, alzandosi: «Uno: andiamo a cercare un fabbro, altrimenti di questa casa rimarranno presto solo le mura portanti. Due: andiamo a parlare con Inés per vedere se sa qualcosa. Tre: andiamo dai carabinieri».

«Ok per le due prime cose. Per la terza sono molto dubbiosa.»

«Spara...»

«Fare la denuncia per un furto di un pc in un appartamento disabitato non serve a nulla, specie se non hanno preso gioielli, valori o opere d'arte assicurati. Neanche verrebbero a ispezionare l'appartamento. Ma non è solo questo...»

Eugenia si mise le mani sui fianchi, spazientita: «E allora cos'è?».

«Un dubbio, una brutta sensazione. Siediti che te lo spiego...»

Silvia si guardò in giro, come se dovesse cercare sui mobili di casa le giuste parole.

«Insomma, Eugenia. Sulla scena della nostra storia misteriosa abbiamo tre attori principali: mia sorella, dalla vita, diciamocelo pure, scapestrata, e due uomini, due amanti paralleli, che erano in qualche modo in competizione tra loro e che hanno, ora che Fede non c'è più, tutto l'interesse a tenere nascosta la loro pregressa relazione. Poi ci sono, con buone probabilità, dei file talmente compromettenti che uno dei due non ha esitato, per impossessarsene, a commettere o a far commettere un furto con scasso. Tutto è reso più oscuro dalla morte, per incidente stradale, di mia sorella. Giusto?»

«Vedo che stai imparando...»

«Grazie, cara, sei un'ottima insegnante. Ma, insomma, ti dicevo, siamo in mezzo a una vicenda molto torbida. Sicuramente i carabinieri ci domanderebbero del pc, dei due uomini, dei file criptati, ci farebbero un sacco di domande sul comportamento disinvolto di mia sorella. Non vorrei che arrivassero schizzi di fango fino a Civello, ecco. Penso soprattutto a mio padre, non si merita di patire, dopo il dolore, anche questa vergogna...»

Eugenia annuì: «Hai perfettamente ragione, Silvia».

Nel giro di un paio d'ore, la porta di casa di Federica aveva una serratura nuova di zecca. E Inés era stata sottoposta a uno stringente interrogatorio. Non ne avevano cavato granché. Aveva risposto, con la solita aria stralunata, di non aver notato nulla di particolare negli ultimi giorni.

«Non ti porti via nulla?» chiese Eugenia all'amica, mentre si apprestavano a lasciare l'appartamento. «È pieno di vestiti bellissimi... E tua sorella aveva più o meno la tua stessa taglia...»

«No, oggi no... Li prenderò semmai la prossima volta.»

«Ma ti fa impressione indossarli?»

«Poi ti dico.»

Salirono in auto e partirono. Solo quando furono in autostrada, Silvia ruppe il suo silenzio.

«Ge', onestamente: non avrei alcun problema a mettere i vestiti di mia sorella. Potrebbe farmi persino piacere. Ma prima voglio sapere chi era veramente... Perché altrimenti li brucio.»

«Chi era Federica già lo sai...»

«So che aveva comportamenti spregiudicati, che era un'egoista, che non guardava in faccia a nessuno. Ma...»

«Ma?»

«Da questo a commettere dei reati, ce ne passa.»

«Reati? Ma che minchia stai dicendo? Ora sono io che non ti seguo...»

«Sono stato sfiorata da un dubbio atroce, Eugenia. Un dubbio che ogni minuto che passa diventa quasi certezza...»

Fece una pausa per prendere fiato. E aggiunse, con un filo di voce: «Temo che mia sorella possa aver ricattato Paolo o l'istruttore di pilates. O, forse, tutti e due...».

XII

Tossico di serpenti è il loro vino

Martedì 18 luglio

Quando, tre giorni dopo la spedizione a Milano, Silvia entrò con la sua auto nel piazzale deserto della stazione di servizio dismessa, Paolo era già dietro il casotto, seduto sul muretto. Si alzò e le andò incontro, tendendole la mano. La donna lo guardò negli occhi. Erano scuri, profondi. C'era davvero un mondo lì dentro, popolato di luci e di ombre.

«Posso farle subito una domanda?»

Paolo allargò le braccia e fece una smorfia di rassegnazione, per farle capire che era pronto ad ascoltarla. Silvia colse al volo l'occasione: «L'uomo con cui si accompagnava Federica aveva per caso i capelli crespi?».

«Quel tipo non è proprio il mio argomento preferito, lei comprenderà. Comunque sì, capelli crespi, lanosi.»

«Non le chiederò altro di lui. Promesso. Ma deve ancora dirmi se ha qualche sospetto sulla persona che potrebbe averla seguita la settimana scorsa in auto...»

«Ho il timore che possa essere proprio quella persona di cui abbiamo appena parlato, l'istruttore di pilates. Ha cercato un contatto con me due giorni dopo la morte di sua sorella...»

Silvia sgranò gli occhi.

«Sì» riprese lui, «mi ha telefonato. Non so come avesse il mio numero, probabilmente l'aveva ottenuto o carpito da Federica. Mi ha detto con tono intimidatorio che conosceva il mio segreto e ha chiesto un incontro. Ci sono andato, molto a malincuore, lei può capirmi. Un gigolò, un personaggio così dozzinale. E soprattutto il mio rivale in amore, l'uomo con cui Federica aveva voluto tradirmi. Senza darmi ulteriori spiegazioni, mi ha proposto subito uno scambio: lui avrebbe taciuto sulla mia relazione con Federica e io avrei dovuto consegnargli qualcosa di cui, a suo dire, ero perfettamente a conoscenza. Gli ho risposto che non avevo proprio nulla e che, anzi, non avevo la minima idea di che cosa cercasse. Aggiunsi, mentendo, che non avevo avuto nessuna relazione con Federica. E che, comunque, lui non aveva prove. Il tipo, allora, punto sul vivo, si è infuriato e ha preso a insultarmi e a minacciarmi. Sono andato via senza rispondergli. Martedì scorso non sono proprio riuscito a vedere se l'uomo che mi seguiva fosse lui, la macchina non era la stessa, ma il sospetto ce l'ho.»

«E perché l'altra volta non mi ha detto nulla?»

«Non volevo spaventarla.»

«Spaventarmi di cosa?»

«Be', quell'uomo sta cercando spasmodicamente qualcosa che apparteneva a Federica. Ora che Federica non c'è più, potrebbe essere portato a pensare che questa cosa a cui tiene così tanto l'abbia lei. Per cui le consiglierei di fare molta attenzione.»

Silvia trasalì: tutto avrebbe immaginato in quella storia tranne che si sarebbe potuta cacciare in un bel guaio guaio con un altro amante della sorella.

«Ora sì che mi ha spaventata. La ringrazio di cuore!» disse senza celare il sarcasmo. «La prego, Paolo, ho necessità di sapere, anche per difendermi: mi racconti tutto quello che è successo dopo che ha scoperto la tresca di Fede con l'istruttore di pilates.»

«Si ricorda cosa disse Enea a Didone? *Infandum regina iubes renovare dolorem*, "Tu mi costringi, o regina, a rinnovare un indicibile dolore".»

Paolo si fermò un attimo per riordinare le idee. Poi attaccò con il racconto: «Dopo aver passato una notte di cupa disperazione, che quella dell'Innominato in confronto era una passeggiata, scrissi un messaggio a sua sorella, dicendole che avevo visto l'uomo entrare in casa sua e che pertanto tra noi era finita per sempre. Lei mi rispose immediatamente negando ogni cosa, persino l'evidenza. Io non replicai. Nei giorni successivi provò a chiamarmi, ossessivamente, anche venti volte al giorno, ma non le risposi. Poi, non so bene perché, ossia lo so benissimo, alla fine accettai di incontrarla. La raggiunsi al parco. Giurò e spergiurò che non c'era nulla tra lei e quell'uomo, era lui che si era invaghito di lei e la corteggiava, senza essere minimamente ricambiato. Ma di tutto ciò aveva preferito non riferirmi nulla, questa fu la sua spiegazione, per non farmi irritare inutilmente».

«Però lei aveva visto il tipo salire in casa. Non chiese spiegazioni a mia sorella?»

«Certo che lo feci, anche energicamente! Lei rispose che la doccia di casa perdeva e che aveva richiamato l'uomo per farsela aggiustare. E che, venti minuti dopo, conclusa la riparazione, lo aveva cacciato di casa senza troppi complimenti. Io non potevo contraddirla, perché ero andato via subito e non avevo avuto modo di controllare.»

«Ma, Paolo» commentò la donna allargando le braccia, «il tipo era salito con una bottiglia di champagne… Insomma, non dovrei essere io a dirglielo!»

«Glielo rinfacciai subito. Mi disse che era stato lui ad avere l'idea dello champagne, ma che, dopo aver aggiustato la doccia, l'aveva messo alla porta insieme alla sua bottiglia. Federica aveva sempre la risposta pronta. Ma l'argomento decisivo, quello che mi convinse a soprassedere, fu un altro. Mi ribadì piangendo che lei amava me, solo me, e che era impensabile che mi potesse tradire con un altro. Solleticò il mio orgoglio maschile. "Ma ti pare" mi disse, "che amando uno come te, possa andare a letto con un palestrato che insegna pilates?"»

«E lei le credette?»

«Conoscevo l'abilità manipolatoria di Federica, quindi dovrei rispondere di no. Ma a volte il cuore vuole illudersi, nonostante la ragione sappia chiaramente che è un abbaglio. Pian piano finii per cedere anche quella volta alle sue lusinghe e alle sue bugie, perché era quello che in fondo desideravo. Lei se ne accorse immediatamente e riprese lo scettro in mano. Sa come andò a finire? Che mi beccai un rimprovero io, accusato di essere un visionario accecato dalla gelosia! Insomma, alla fine era tutta colpa mia.»

Risero di gusto, insieme. Silvia notò che, nonostante il velo di tristezza che lo avvolgeva, il suo interlocutore non aveva perso la propensione all'autoironia.

«Quindi non fu in quell'occasione che lasciò mia sorella?»

«No, assolutamente. La storia è lunga. E ricca di colpi di

scena. Dopo aver ammesso la mia colpevolezza, mi dovetti adoperare non poco per tornare nelle sue grazie. La chiave che aprì la porta al perdono fu, manco a dirlo, una costosissima borsa di Vuitton.»

«Alla faccia...»

«E pensi che prima di incontrare Federica, nemmeno immaginavo i costi di una borsa di Vuitton!»

Silvia non sapeva se mettersi di nuovo a ridere o mostrare un'espressione compunta in segno di solidarietà. Certo, lei una borsa di Vuitton, con lo stipendio del marito, se la poteva sognare.

L'uomo proseguì. Il suo volto parve trasfigurarsi: «Quella sera stessa, a casa sua, facemmo l'amore per l'intera notte. Federica fu di una dolcezza senza pari. Mi ricoprì di promesse, di parole tenere, di abbracci. Io avevo provato a lasciarla, lei mi aveva ripreso tirandomi per il bavero e a me in definitiva andava bene così. Il mio amico psicanalista ha parlato di "comorbosità". Le spiego: sua sorella e io eravamo due sintomi, due manifestazioni, opposte, della stessa malattia, il narcisismo».

«Una sorta di sindrome di Stoccolma, quando la rapita si innamora del rapitore?»

«Qualcosa del genere. Lei la narcisista, io l'empatico, lei la vittima delle ingiustizie del mondo, io il crocerossino pronto a salvarla, lei la gatta dall'unghiata facile, io il tiragraffi. Una combinazione perfetta e micidiale.»

Silvia era davvero sconcertata. Scosse la testa e domandò: «Ma allora, quando si decise a lasciarla definitivamente?».

«Ci volle un evento davvero traumatico. Le racconto tutto, con ordine.»

Paolo si accese una sigaretta, dopo averla offerta alla donna, che rifiutò con cortesia.

«Il cuore voleva credere alla versione di Federica. Ma il tarlo del sospetto mi covava nella mente. Sua sorella era temeraria, sfrontata, sicura di sé e questa sicurezza sfociava a volte in una sorta di delirio di onnipotenza. La sua relazione parallela con l'istruttore di pilates esisteva e continuava, ma lei era talmente certa di avermi in pugno che non avvertiva nemmeno il bisogno di prendere le necessarie precauzioni per nascondermela. Era, allo stesso tempo, astuta come una volpe e ingenua come una colomba. Come poteva pensare che non mi accorgessi dei cambiamenti? Le nostre abituali telefonate pomeridiane, quando lei usciva dal lavoro, erano diventate sempre più brevi e spesso Federica le interrompeva di colpo. Era chiaro che c'era qualcun altro che la chiamava nello stesso orario. Oppure qualcuno che l'attendeva sotto l'ufficio. Così accadeva di sera. Quando non ero a Milano, era nostra consuetudine farci delle lunghe telefonate notturne. Ma da un giorno all'altro questa consuetudine si interruppe.» Silvia scosse la testa, in segno di disapprovazione.

Paolo sospirò e riprese: «Federica diceva sempre più spesso che era stanca e che voleva andare a letto presto. Alle mie garbate rimostranze, rispondeva furbescamente che il nostro rapporto era talmente consolidato che non avvertiva più il bisogno che ci parlassimo così a lungo. Infine, quando le proponevo delle date per raggiungerla a Milano o per andare fuori nei week-end era sempre tentennante. Mi dava l'ok una volta su tre, accampando per le altre date improbabili impegni di lavoro. Avevo chiaramente la sensazione che stessi condividendo, in posizione subordinata, la vita privata di Federica con qualcun altro. Ma, ribadisco, il cuore si rifiutava persino di prendere in considerazione un'ipotesi del genere. E, comunque, quelle poche volte che ci vedevamo, Federica era sempre affettuosa e premurosa, ribadendo di continuo il suo amore assoluto ed esclusivo per me».

«Che cosa le fece allora cambiare idea?»

«Coltivavamo da tempo il desiderio di andare insieme in Irlanda, lei non c'era mai stata, io sì, diverse volte. Non era facile per me organizzare, dovevo trovare una scusa plausibile con i miei. L'agognata occasione arrivò: ero riuscito a farmi invitare a Dublino per una conferenza. La mia idea era che con Federica ci saremmo incontrati lì, dopo la mia conferenza, e avremmo potuto passare insieme tre o quattro giorni in giro per l'isola. Avevo già immaginato un itinerario, sarebbe stato un viaggio da sogno: le vertiginose scogliere di Moher, il verde Connemara, la selvaggia penisola di Dingle, le misteriose Isole Aran. Quando glielo comunicai, sembrò entusiasta. Comprai i biglietti e prenotai gli alberghi. Ma poi, a ridosso della partenza, mi disse con voce intristita che l'ufficio la spediva a Barcellona e che quindi il fine settimana con me sarebbe saltato. Le proposi subito di annullare il mio viaggio a Dublino in modo da poterla raggiungere a Barcellona. Ma lei s'irrigidì, diventando persino scontrosa. Mi disse che a Barcellona andava con la sua capoufficio e che non avrebbe avuto modo e tempo di vedermi.»

«Urca» fu il suono che uscì alla fine dalle labbra di Silvia, al posto di un «minchia» trattenuto a forza.

«Fu per me lampante» proseguì Paolo «che era tutta una messinscena e che a Barcellona sarebbe andata con il tipo.

Avevo tanti, troppi indizi. Mi mancava solo la prova decisiva. Ero molto giù, al limite della disperazione. L'idea di partire per Dublino senza di lei, poi, aggiungeva tristezza a tristezza. Decisi, però, di non darlo a vedere. Feci buon viso a cattivo gioco e può capire quanta fatica mi costò fare quel viaggio da solo... Da Barcellona Federica continuava, come se nulla fosse, a mandarmi per WhatsApp fotografie della città, messaggi d'amore, cuoricini. Ma alla mia richiesta di sentirla al telefono non rispondeva o rispondeva per iscritto che era sempre in compagnia dei colleghi e che quindi non poteva parlarmi. Furono per me giorni terribili. La immaginavo tra le braccia di quel losco figuro, a sussurrare le stesse, identiche parole d'amore che diceva a me. C'era davvero da perdere il senno! Ci incontrammo finalmente a Milano la settimana successiva. Andammo a cena in un ristorante fusion scelto da lei. All'inizio, con grande sforzo, riuscii a far finta di nulla. Sua sorella mi chiese subito quale regalo le avessi portato dall'Irlanda. E io tirai fuori un bellissimo maglione di cachemire blu notte, che avevo acquistato per lei in Grafton Street. La pregai di raccontarmi il suo viaggio a Barcellona e rimasi per quasi un'ora, persino ammirato, ad ascoltare tutte le sue frottole, le sue menzogne, facendo finta di berle. Ma, pagato il conto, mi alzai, le strinsi la mano e le feci i complimenti per la sua capacità di mistificare. Mi guardò stupefatta. Fu a quel punto che le rivelai che l'avevo seguita in aeroporto e l'avevo vista superare i controlli della sicurezza, mano nella mano, insieme al palestrato.»

«Ma era vero? Li aveva seguiti in aeroporto?»

«Ma le pare, Silvia? Non sono il tipo. Ho bluffato. Ma l'ho detto in modo così assertivo, definitivo e diretto, che sua sorella si è convinta che fosse vero. Sa la favola di "al lupo, al lupo"? Funziona anche al contrario. Talmente abituata a sentirmi dire la verità che non si accorse che quella volta ero io che stavo mentendo.»

«E come reagì mia sorella? Provò a negare tutto anche in questa occasione?»

«Non gliene diedi il tempo. Me ne andai, prima che potesse riprendersi dal colpo. Uscendo dal ristorante respirai a pieni polmoni e provai un senso di liberazione. Per la prima volta ero stato più forte di lei, avevo spezzato le sue catene, avevo avuto la mia rivincita! Mi ero disintossicato. Fu, però, una sensazione effimera. Nei giorni successivi crebbe in me un senso di rabbia e di sconforto. Ero nervoso, irascibile, intrattabile. E sua sorella, nonostante tutto, mi mancava da morire. Tuttavia, resistevo. Mai e poi mai l'avrei chiamata. Mi aveva ingannato e non mi meritava più.»

«Ma Federica che fece? Non cercò di contattarla?»

«Ma sicuro, le persone narcisiste non mollano mai la preda, ne va della loro autostima. Sono persone che vivono di luce riflessa: se il loro sole smette di brillare, piombano nel buio più angoscioso. Federica provava a telefonarmi decine di volte al giorno, ma io non le rispondevo. Mi tempestava di mail e di messaggi, che cancellavo senza nemmeno leggere. A un certo punto, dovetti bloccarla sul telefono. Speravo di risolvere così.»

«E invece?»

«Dopo circa un mese, ormai ero sicuro che non l'avrei mai più vista, stavo parlando, in un luogo pieno di gente, a Milano. Al termine della mia conferenza, Federica mi si avvicinò minacciosa. Aveva lo sguardo infuocato. Mi disse in un orecchio che dovevamo parlare immediatamente, perché un amore così grande come il nostro non poteva finire in quel modo. E che avevo il dovere, prima di prendere decisioni drastiche, di ascoltare la sua versione. Altrimenti avrebbe fatto una piazzata lì, davanti a tutti. Le dissi di calmarsi e che avrei acconsentito a vederla, però doveva uscire immediatamente e aspettarmi in un bar vicino. Per quella volta ubbidì. Quando la raggiunsi, la rabbia che le avevo vista dipinta in volto si era trasformata in disperazione. Era così bella da farmi male. Mi sedetti. Provò ancora a confondermi, a dire che a Barcellona era sì andata con l'istruttore di pilates per seguire un corso, ma che tra loro non era successo nulla, avevano dormito in camere separate. Riuscii a mantenere la calma, a dirle con freddezza che non credevo più a una sua sola parola. Aggiunsi che avevo perso per sempre la fiducia, la stima nei suoi confronti e che, senza fiducia, non avrei più potuto amarla. Ribadii che, certo, di fronte alla mia decisione di non lasciare la mia famiglia, lei aveva tutto il diritto di progettare il suo futuro con chi voleva. Ma, dati i rapporti che erano intercorsi tra noi, visto l'amore che le avevo dimostrato, avrebbe dovuto sentire il dovere di informarmi della sua nuova fiamma e di non ingannarmi con scuse e pretesti assurdi. Al che lei mi rispose che non mi aveva detto la verità per paura di perdermi. "Se avevi così tanta paura, potevi evitare di andare a letto con un altro" ribattei con durezza. E lei ancora a giurare e a spergiurare che amava solo me e che non era andata a letto con nessuno.»

«Incredibile, che faccia tosta...» si lasciò sfuggire Silvia. «E lei cosa le rispose?»

«Io ero sempre più stupito. Negare in questo modo la

realtà era, ai miei occhi, assolutamente controproducente: aumentava solo la rabbia, era un torto alla mia intelligenza, mi faceva sentire preso in giro. Glielo dissi, forte e chiaro. Lei allora mi afferrò la mano. Il contatto fisico con la sua pelle fu per me come una scossa elettrica, una iniezione di adrenalina, che fece crollare tutte le difese e i buoni propositi messi in campo per resisterle. Appena vide aprirsi nel mio animo un piccolo spiraglio, sua sorella ci si infilò dentro, a capofitto. Mi guardò negli occhi e mi implorò di andare a casa sua subito, a fare l'amore. Risposi di no in maniera sprezzante: "Non vorrai portarmi in quello stesso letto dove sei stata con l'istruttore di pilates?". "No" rispose lei, "i tipi come quello lì a casa mia non li porterei mai. Vedrai, invece, ho una sorpresa per te."»

Paolo appariva molto provato e fece una pausa per riprendersi. Guardò la donna e disse: «Vuole sapere, Silvia, qual era la verità? Che morivo dalla voglia di andare. Era desiderio di lei, ma anche rabbia, rivalsa e orgoglio maschile, un sentimento ambiguo che mai, fino a quel momento, avevo provato. Lei mi aveva tradito con quell'uomo insulso e insignificante? Ora ero io che me la riprendevo, anche per una sola notte. Insomma, mi lasciai convincere a incontrarla a casa sua la sera stessa. Le specificai però che quella sarebbe stata l'ultima volta, una specie di serata di addio, almeno fino a quando non avesse lasciato l'istruttore di pilates. Avevo già compiuto un primo, pericoloso cedimento. Le avevo appena detto che il nostro rapporto di fiducia era minato per sempre e che non avrei più voluto saperne di lei; ora, invece, subordinavo la ripresa della nostra storia al fatto che Federica mollasse l'altro. Lei era lì, irremovibile, a insistere che non doveva lasciare nessuno, perché questa storia con l'istruttore di pilates era frutto della mia fantasia malata. La capacità di Federica di rigirare le frittate era veramente unica».

«Lo so bene, Paolo. Io ne sono stata a lungo vittima: non so più quanti rimproveri o punizioni ho preso a causa di mia sorella. Il più delle volte lei riusciva a farla franca addossando la responsabilità a me. Era un'arte, la sua...»

«Ho notato che lei non mi ha mai parlato del suo rapporto con Federica, mi ha raccontato solo accenni superficiali.»

«Ci vorrebbe una vita. È una vicenda molto complessa...»

«Me ne sono accorto. Ho, diciamo così, una certa esperienza dei rapporti umani. Si è mai chiesta a cosa le servono tutte queste domande che mi rivolge, ora che Federica non c'è più? Io la risposta la conosco, ma non so se lei la vuole sentire.»

Silvia si sentì destabilizzata. Era stata lei, fino a quel momento, a condurre il gioco, a fare le domande, a chiedere. E lui a rispondere, a confidarsi, a raccontare. Ora i ruoli si erano all'improvviso invertiti. Le sembrava quasi di essere finita sul banco degli imputati con il dito di Paolo puntato contro.

L'uomo parve intuire subito il suo disagio e la rassicurò: «Silvia, non voglio metterla in imbarazzo...».

La donna cercò di sviare. «Non ho alcun problema a parlare di me e Federica, e ascoltare la sua opinione a riguardo» disse in modo molto affettato, «ma preferirei impiegare il tempo che ci rimane per sentire come va a finire la sua storia con mia sorella... Mi pare che siamo giunti allo snodo decisivo.»

Paolo sorrise. Aveva un'aria stranamente soddisfatta.

«Come desidera. Dove eravamo rimasti?»

«Al momento in cui vi eravate dati appuntamento a casa di lei...»

Il volto dell'uomo si rabbuiò nuovamente. «In quelle poche ore che oramai mancavano all'incontro capii che la sensazione di essermi distaccato da lei e di aver recuperato il controllo su di me, sui miei sentimenti, era del tutto effimera. Tutto il mio essere, mente, corpo, anima, si protendeva verso Federica. Ogni mio organo, ogni lembo di pelle, ogni mia cellula, ogni mia goccia di sangue si stavano già predisponendo per abbracciarla e amarla pazzamente di nuovo. Era una irresistibile forza naturale? Un incantesimo, una malattia? Una dipendenza, un dono divino, una tentazione diabolica? Non avrei saputo dirlo allora, né lo saprei dire adesso. Da dove viene l'amore? Se sapessimo rispondere a questa domanda, avremmo svelato il mistero della vita.»

Paolo arrestò il suo racconto, diede un paio di colpi di tosse, una tosse nervosa. Poi riprese: «Mentre mi preparavo all'appuntamento, scongiurando il tempo di scorrere il più velocemente possibile, mi rendevo conto di essere già sull'orlo del precipizio, pronto a cadere di nuovo in trappola. Sapevo già che mi sarei arreso alle sue malie senza neanche combattere e che, dopo una notte o due di voluttà, sarebbero tornati giorni di sospetti e tormenti. Ha notato che nella nostra lingua il termine "passione" indica, allo stesso tempo, sofferenza e amore, martirio e attrazione, pena e desiderio? L'ambiguità lessicale rifletteva esattamente il mio stato d'animo». Guardò l'orologio e sentenziò: «Il tempo è scaduto».

«E no, caro Paolo» protestò Silvia scattando in piedi e puntandogli l'indice a pochi millimetri dal naso, «basta con questa farsa dei minuti cronometrati! Ora mi fa la cortesia di finire il racconto... Ha così tanta fretta di andare via?»

Paolo scoppiò a ridere: «No, non ho nulla da fare, in realtà. È che con lei avevo sentito il bisogno di stabilire delle regole chiare, di fissare i paletti, per non essere sopraffatto, visto che, in fin dei conti, lei ha lo stesso Dna di sua sorella».

Silvia tornò a sedersi con un ampio sorriso.

«Poi forse, chi può dirlo» continuò Paolo, «volevo tenermi in serbo per la prossima puntata il clamoroso colpo di scena come uno scrittore di gialli che si rispetti. Ma cedo alla sua garbata violenza e non andrò via, le racconterò tutto. Mi dia però un attimo per avvisare l'autista di tardare di una mezz'ora.»

Si allontanò di una decina di passi. Silvia lo scrutò mentre, di spalle, parlava brevemente al telefono.

«È pronta per il gran finale? Sto per vuotare il sacco» esordì quasi ilare, mentre tornava verso di lei. Silvia non poté fare a meno di pensare che quell'atteggiamento che voleva forse sembrare spavaldo nascondeva un grande strazio interiore.

«Sono pronta...»

«Quella sera mi lavai, mi profumai, indossai gli abiti più belli. Passai da un fioraio dove comprai un enorme mazzo di peonie. Il cielo era terso, l'aria era fresca e pulita e già si diffondeva in giro una fragranza primaverile. Mi sentivo come un adolescente innamorato al primo appuntamento. Arrivai in perfetto orario, citofonai e la voce suadente di Federica mi invitò a salire. La porta di casa era socchiusa, chiesi permesso ed entrai. Indossava un vestito di seta color pesca, le stava benissimo. Ci baciammo, mi ringraziò per i fiori. "Sono bellissimi" mi disse. Mi prese per mano e mi condusse, sempre baciandomi, davanti a una poltrona vicino al letto e mi fece accomodare. Mi guardò con aria maliziosa e tirò fuori non so da dove una sciarpa scura, di seta. Nonostante le mie proteste, mi bendò gli occhi. Mi baciò ancora sulle labbra, sul collo, e mi carezzò sul viso, sulla testa, sulle gambe e poi mi sussurrò all'orecchio: "Vado in bagno a prepararmi. Non togliertela finché non te lo dico io, altrimenti rovini la sorpresa". Io ero letteralmente impazzito, non osavo nemmeno immaginare quali piaceri si sarebbero dischiusi da lì a poco per me...»

La voce dell'uomo si ruppe all'improvviso. Silvia alzò lo sguardo verso di lui. Il suo viso si era deformato in una smorfia di rabbia e dolore. Silvia gli sfiorò la mano. «Riesce ad andare avanti?» gli chiese con tono premuroso.

Paolo si alzò e annuì. Era come in trance. Davanti ai suoi occhi dovevano scorrere vividamente i fotogrammi di quel ricordo squassante. Riprese: «Passarono dei minuti, non so dirle quanti. Poi avvertii dei rumori, come dei fruscii, che annunciavano la presenza di Federica in quell'ambiente. Il suo profumo si diffuse per la stanza. Trattenni il respiro. Ero eccitatissimo, fuori di me...».

Paolo fece una lunga pausa, guardando in terra. Silvia gli strinse la mano per incoraggiarlo.

«Federica con voce allettante mi invitò a togliermi la

benda... Lì per lì neanche capii bene la scena che si parava davanti ai miei occhi. Ci misi un po' a realizzare, a mettere a fuoco. Federica era nuda nel letto, di fronte a me, ma non era sola! Era avvinghiata al corpo, nudo, di un uomo. Fu, per me, come ricevere un colpo di maglio sullo stomaco. Mi alzai a fatica, tramortito. Mi tremavano le gambe. Diedi un ultimo sguardo alla scena. Nel letto con lei c'era Vittorio, l'insegnante di pilates. Stavano facendo sesso, impunemente, ma Federica non guardava il suo amante, guardava me, dritto negli occhi. Mi disse: "Visto che non mi credi, visto che per te sono una poco di buono, una traditrice, allora tanto vale che ne approfitti".»

Paolo deglutì, prima di continuare. Gli occhi erano velati di una profonda tristezza: «Ero allibito, sdegnato, schifato. Gettai la sciarpa per terra e con le forze residue guadagnai l'uscita. Scesi le scale di corsa, con lo stomaco che sembrava torcersi e andare in frantumi...».

Silvia lo fissava a bocca aperta.

«Arrivai in strada ed ebbi delle convulsioni. Vomitai. Sentivo lo sporco crescermi dentro. Avevo toccato il fondo dell'ignominia, della depravazione. Volevo morire, sparire per sempre. Tornai in albergo disperato, distrutto. La mia esistenza senza Federica non sembrava avere più senso: la mia stanza era all'ultimo piano, guardai giù e fui persino sfiorato dal pensiero di farla finita, buttandomi di sotto. Non credo di aver vissuto nella mia vita un giorno peggiore di quello...»

Paolo si bloccò. Stava piangendo. I singhiozzi lo soffocavano. La Mercedes era arrivata. Riuscì ancora a dire, prima di andarsene, una frase, così angosciosa che Silvia non l'avrebbe mai più dimenticata: «E sa che cosa in quella scena così abietta, turpe e crudele, mi fece più male? Che quello di Federica nei miei confronti non era uno sguardo di sfida, era uno sguardo colmo d'amore, malinconico e dolente».

XIII

Io sarò con la tua bocca

«Eugenia, non so veramente che cosa pensare. Sono senza parole...»

Silvia era tornata a casa da poco e aveva appena finito di raccontare al telefono all'amica l'incredibile episodio appreso da Paolo.

«Sono scioccata io, figuriamoci tu che sei la sorella» rispose Eugenia con voce nasale. «Sarò monotona: ma siamo proprio sicuri che questo Paolo dica la verità? Come facciamo a saperlo?»

«Io non lo so... Non so dirti se sia tutto vero, tutto falso oppure se Paolo mischi, e in che percentuale, realtà e invenzione. Quello che posso assicurarti è che le lacrime erano autentiche e che ho provato una gran pena per lui...»

«Con te mi tocca sempre la parte dell'avvocato del diavolo.»

«Mah, Eugenia, io ho come l'impressione che a te questo Paolo stia clamorosamente sulle scatole: non fai altro che mettermelo in cattiva luce, fin dal primo giorno...»

«Forse è perché ti vedo troppo propensa a credergli. A volte sembra che tu faccia il tifo per lui, contro tua sorella. Allora cerco di bilanciare la tua posizione. Proviamo a ragionare un attimo...»

«Ok.»

«Facciamo l'ipotesi che il racconto di Paolo sia veritiero. Quali sono le tue prime impressioni?»

«Che mia sorella era davvero una con la testa bacata, una psicopatica, una manipolatrice senza scrupoli. E, se posso permettermi, anche un po' zoccola...»

«Ok. Ma di lui che ne dici?»

«Lui mi sembra un uomo innamorato, disperato, che ha subìto un gravissimo torto e una mortificazione estrema. Non so nemmeno come gli abbia retto il cuore...»

«Fermiamoci qui. Non potrebbe un uomo così offeso e umiliato arrivare a odiare tua sorella e a meditare propositi di vendetta?»

«A me non sembra affatto mosso dall'odio, sembra piuttosto pervaso di sofferenza.»

«Magari l'odio c'era, ma è svanito, con la morte di Federica. Perché allora avrebbe accettato di parlarne così tanto con te? Parrebbe un uomo in preda ai rimorsi, che ha bisogno di scaricare la sua coscienza» Eugenia tossì ripetutamente «da un peso insostenibile.»

Silvia si spazientì: «Se seguo il tuo ragionamento, Paolo, accecato dalla rabbia, manomette l'auto di Federica. E dopo che la povera Federica si è schiantata, si confida con me, che sono la sorella della vittima, per liberarsi dai sensi di colpa. Dai, Ge'... mi pare incredibile. Mi sembrerebbe allora più plausibile seguire la pista del ricatto, sempre che ci sia stato. Ma anche su questo non abbiamo niente in mano...».

«Eh già...»

«C'è un'altra cosa, Eugenia: abbiamo parlato molto delle reazioni di Paolo, del comportamento ignobile, non saprei definirlo diversamente, di mia sorella, ma abbiamo tralasciato completamente di mettere a fuoco quel losco figuro di Vittorio...»

«Vittorio? E chi è adesso questo Vittorio?»

«L'istruttore di pilates... a Paolo oggi è sfuggito il nome. Un personaggio apparentemente secondario in questa storia, ma torbido, inquietante. Mia sorella almeno aveva un motivo, voleva vendicarsi oppure voleva fare impazzire di gelosia Paolo, ma lui, che si è prestato a quella squallida pantomima davanti a uno sconosciuto... perché lo ha fatto?»

«Le motivazioni potrebbero essere diverse. Voleva sfregiare il rivale in amore, oppure si sentiva coinvolto in un gioco erotico o, ancora, lo ha fatto per soldi, visto che mi dici che è uno spiantato... Sai, Silvia, i maschi sono basici e nei loro comportamenti e nelle loro motivazioni risultano abbastanza prevedibili. Non sottovaluterei affatto il potere manipolatorio di tua sorella. Potrebbe averlo convinto in cambio di chissà quale ricompensa... dài, non ci vuole molto a capire. Ora che ci penso, c'è anche un altro aspetto da esaminare. Paolo era riuscito a scoprire tutto di questo Vittorio, ma Vittorio aveva idea di chi fosse veramente Paolo? Sì, lo ha chiamato, sicuramente aveva il numero di telefono... ma sapeva solo di parlare con un amante pregresso di Federica, oppure conosceva la sua vera identità? Mi pare che, al momento, siamo finite su un binario morto. Tutto il mistero ruota attorno a due questioni fondamentali: chi è veramente Paolo e che cosa c'è di tanto vitale in quella chiavetta...»

«Già. Siamo ancora lontane dalla verità...»

«Anche perché» la interruppe Eugenia «tu non hai voluto fare nulla per scoprire l'identità di Paolo.»

«Ti prego, non insistere: ho dato la mia parola, ho preso un impegno e intendo rispettarlo... Comunque, a proposito della chiavetta, che cosa dice il nostro hacker?»

Eugenia tossì di nuovo: «Niente da fare. Il mio amico dice che senza password e senza il pc di Federica non ce la farà mai. Non è che magari ti viene in mente un posto, un luogo dove Federica si possa essere appuntata la password?».

«No, figurati. Non aveva una memoria di ferro, specie per i numeri e le cifre, ma a quanto mi risulta non ha mai tenuto diari o cose del genere...» rispose Silvia sconsolata.

«Va be', era un'idea come un'altra. E dimmi una cosa: tu lo rivedrai ancora Paolo? Mi rendo conto che è un tentativo disperato, ma magari potresti chiedergli se gli viene in mente qualcosa, un indizio, un nome a proposito della password...»

«Sai che non lo so? Quando è andato via era così sconvolto che non ci siamo detti nulla a proposito dell'appuntamento di martedì prossimo. Io penso di andarci, ma non sono così sicura che lui verrà... E ti confesso che questa cosa mi turba un po'. Ora però devo filare in cucina: non ti dimenticare, tu che sei una fortunata donna single, che io devo saziare, ogni giorno, quattro bocche fameliche, più la mia... Ti saluto.»

«Buona fortuna allora e buona cena!» Eugenia chiuse la conversazione.

Un'ora dopo, mentre stava in cucina, lavando la verdura e sorvegliando il sugo per la pasta, Silvia fu colta da una illuminazione. Si asciugò le mani sul grembiule, corse in camera, afferrò il cellulare e chiamò di nuovo l'amica.

«Ge', mi è venuta in mente una cosa! È incredibile come l'inconscio a volte ci restituisca degli episodi dimenticati, dei particolari nascosti in un angolo buio della nostra memoria, apparentemente insignificanti e che poi, tutto a un tratto, tornano alla superficie illuminandosi!»

«Silvia, falla finita con 'sta filosofia. Parlare con Paolo ti fa male... Stringi, arriva al dunque. Che cosa ti è passato per il cervello?»

«Stammi a sentire: quando eravamo bambine Fede e io avevamo una parola d'ordine segreta per i nostri giochi...»

«E qual era?»

«*Il piccolo principe*. Era il libro preferito di Fede. La mia, invece, era *Piccole donne crescono*.»

«Ok, faccio un tentativo con il mio amico. Poi ti richiamo.»

«Aspetta un attimo, perché facevamo questo gioco anche quando eravamo più grandi e i libri preferiti erano cambiati. Fede adorava *Paura di volare* di Erica Jong. Mentre il mio preferito era *Il maestro e Margherita.* Fagli provare anche con questi due...»

«Va bene, agli ordini!»

Silvia rimase seduta sul letto con il cellulare in mano, pregando che la sua intuizione fosse giusta.

Il telefono squillò dopo dieci minuti. Era Eugenia.

«Silvia, non ho buone notizie. Abbiamo provato i quattro titoli, con le maiuscole, con le minuscole, con gli spazi, senza spazi... Niente. Mi dispiace.»

«Anche a me» disse, correndo verso la cucina e imprecando, «ho pure bruciato il sugo! Ci sentiamo domani, scusami...»

«Per la cena il rimedio c'è. Pasta al burro per tutti! Ciao.»

Nonostante l'evidente buco nell'acqua, Silvia non si rassegnava al fallimento. Aveva avuto una illuminazione, una premonizione. Non le importava, in quel momento, sapere da dove o da chi provenisse: se dall'aldilà, da Dio, dallo spirito di sua sorella o da un demone, se invece era emersa dalle pieghe dell'inconscio o se era una manifestazione dall'intuito. Era un segno chiaro, evidente. E non l'aveva ricevuto per caso.

Stette per tutta la cena a rimuginare, in silenzio: le bambine, sentendosi trascurate, si innervosirono, reclamando attenzioni che la mamma, perduta nei suoi pensieri, sembrava poco disposta a concedere. La serata si chiuse in bellezza, con una litigata con il marito. Si erano appena coricati e Giulio la rimproverò di essere assente, distratta, di non curarsi più di lui e delle figlie. Da quanto tempo, pensò Silvia sentendosi in colpa, non facevano l'amore? Giorni, settimane, mesi? Scacciò via il pensiero. Non aveva nessuna voglia di pensarci in quel momento. Aveva ben altro su cui riflettere.

Guardò con occhi dolci il marito e lo implorò: «Amore, ti prego, non ti ci mettere anche tu... Sono così stanca. Sono io che ho bisogno di te, in questo momento, non viceversa».

L'uomo sembrò colpito dalle sue parole e si scusò, mortificato. Silvia gli disse con tono solenne e compunto che l'aveva già perdonato. In cuor suo, però, rideva. Aveva appena sperimentato con successo una delle tattiche preferite di sua sorella, quella di rigirare la frittata. Ed era molto, molto soddisfatta.

XIV

Aprirà il libro e i suoi sette sigilli

Mercoledì 19 luglio

La mattina dopo Silvia si svegliò di soprassalto. In bocca aveva un sapore dolce. La notte aveva portato consiglio! Si alzò dal letto per preparare la colazione e aspettò pazientemente che Giulio uscisse e che il nonno portasse le nipotine al parco. Poi chiamò Eugenia al telefono.

«Ge', ho pensato a una cosa: la password potrebbe essere il titolo del libro preferito di Federica in questo periodo!»

«Che intuizione geniale!» ironizzò l'amica. Aveva una voce rauca, da oltretomba. «Se anche fosse, come facciamo a saperlo, questo titolo? Con una seduta spiritica?»

«Sei proprio una stronza... Apri bene le orecchie. Mia sorella non era notoriamente una grande amante di libri. Era già tanto se ne leggeva uno all'anno. Dobbiamo tornare a casa sua e controllare i titoli sulla scansia. Se non ricordo male, sono cinque o sei al massimo. Lo so, è un tentativo disperato. Ma provare non ci costa nulla. Vèstiti, che andiamo a Milano, ti passo a prendere tra un'ora.»

La risposta di Eugenia fu un lungo silenzio.

Silvia insistette: «Allora? Muoviti».

«Non posso venire… Non posso uscire di casa.»

«E perché? Sei agli arresti domiciliari?»

«Quasi… Ho beccato il Covid!»

«Il Covid? E quando?»

«È da ieri mattina che sto a letto con la febbre…»

«O Gesù… E perché non mi hai detto niente?»

«Perché parlavi solo tu, come un fiume in piena, e non me ne hai dato modo.»

Ora la pausa di silenzio la fece Silvia.

«Ge', scusami… Solo ora mi rendo conto di quanto ieri tu abbia tossito! E io non ti ho chiesto nulla, presa com'ero dalle mie elucubrazioni. Mi dispiace. Ma se ti può consolare mi sono comportata allo stesso modo con mio marito e le bambine. Sono proprio una stupida insensibile!»

«Stupida no, ma insensibile lo stai diventando. A furia di pensare a tua sorella, inizi ad assomigliarle. Comunque amen: non posso uscire finché non divento asintomatica. Se ne parla tra tre o quattro giorni, spero.»

«Quattro giorni? Sono un'eternità! Sai che faccio? A Milano ci vado da sola… Subito.»

Eugenia non provò nemmeno a protestare: «Va bene, ma stai attenta. E dammi continuamente tue notizie».

L'auto si fermò in via Pichi dopo circa un'ora e quaranta, sgommando. Silvia scese ed entrò nel palazzo. Attese impaziente l'ascensore, quasi scontrandosi con una signora che usciva dalla cabina con un barboncino bianco al guinzaglio.

"Ho sempre odiato i barboncini bianchi" pensò, mentre l'ascensore la portava all'ultimo piano. La salita le sembrò lentissima. Qualche minuto dopo si trovava dentro casa della sorella. Si diresse a colpo sicuro verso la scansia e tirò giù quei pochi libri che vi erano collocati. Cominciò a esaminarli. I titoli non le dicevano un granché. C'era il libro astrologico dell'anno in corso, con l'oroscopo mese per mese della Vergine, il segno di Federica. Un'altra fissazione di sua sorella: non credeva a nulla e a nessuno, ma si affidava alle stelle. Poi un manuale di pilates, manco a dirlo. Tre cataloghi delle recenti mostre della casa d'aste dove lavorava: una sui gioielli orientali, una sui vasi liberty, una sulla Scuola romana. E, ancora, un prontuario per investimenti bancari. Una guida di Barcellona e una dell'Irlanda, che confermavano indirettamente il racconto di Paolo. Infine, una storia dell'arredamento moderno. No, da questi libri non avrebbe cavato nulla. Si fermò a riflettere, un po' sconsolata. Possibile che Paolo non le avesse mai donato un libro? Era abbastanza improbabile. Paolo era proprio il tipo che regala libri. Certo, pensò, dopo la fine traumatica della loro storia, Federica avrebbe potuto disfarsi di quei libri, per rabbia o per paura che la nuova fiamma, quel Vittorio, potesse nutrire dei sospetti. Però l'anello l'aveva tenuto... Ma, in effetti, aveva dovuto farlo sparire, affidandolo a Inés... Diede un taglio alle sue elucubrazioni, che non la portavano da nessuna parte. Ormai si trovava a Milano e tanto valeva provare a cercare ancora. Aprì i cassetti della scrivania: matite, penne, fermagli per i capelli, post-it e bloc-notes bianchi. Nulla di interessante.

Guardò con aria di sfida le quattro ante dell'enorme guardaroba che aveva di fronte. Aprì la prima. Era quella dei soprabiti. Fischiò per lo stupore. Ce ne erano almeno una ventina, tutti capi firmati, di lusso. Paltò, impermeabili, mantelle, giacconi, capi tecnici, giubbotti, giacche, pellicce sintetiche e non, di ogni stoffa, foggia e colore. Ma di sicuro lì, di libri, nemmeno l'ombra. Passò all'anta successiva, doppia. Conteneva i vestiti, innumerevoli, che dondolavano come dei cadaveri appesi, rinchiusi nel cellophane. E un'enorme cassettiera. Si fece coraggio e aprì il primo cassetto, quello più in alto. Era stracolmo di sciarpe e foulard. Rovistò lì dentro, senza successo. Intravide una sciarpa di seta scura, ancora annodata. Un brivido le percorse la schiena nonostante il caldo: Paolo le aveva detto la verità. Passò al secondo cassetto: ospitava decine di occhiali da sole colorati e di gran moda. Nel terzo sua sorella conservava l'intimo: slip e reggiseni coordinati di raso, di seta, di pizzo, con una gamma che andava dai castigati ai provocanti agli osceni, ma comunque elegantissimi. Doveva valere una fortuna tutta quella merce! Pensò al suo misero guardaroba, da donna di paese, e le venne da ridere. Ma sua sorella era stata davvero felice nel possedere tutti quei capi costosi, strumenti di fascinazione e di seduzione, utili forse per una notte? Silvia concluse di no, con tristezza. Forse qualche morso di vera felicità l'aveva assaggiato solo con Paolo, che però al dunque si era sfilato. La vita era veramente un enigma.

Infilò la mano sotto la biancheria e sentì qualcosa di rigido. Raffreddò l'entusiasmo. Sicuramente doveva essersi imbattuta nella confezione di cartone di qualche accessorio. Trattenendo il fiato come un'archeologa alle prese con un fragile reperto appena affiorato dalla terra scostò i capi di abbigliamento. Le apparve la figura stilizzata di un angelo, ricavato dalla sottolineatura in rosso di una pagina piena di parole nere. Riconobbe subito lo stile inconfondibile. Era la riproduzione di un'opera di Emilio Isgrò, l'artista siciliano famoso in tutto il mondo per le sue cancellature: lo aveva visto di recente in un documentario in televisione. E ne era rimasta affascinata.

Tirò fuori l'oggetto dal cassetto. Lo scrutò. Era un libro, il libro! Il titolo, sopra l'angelo disegnato da Isgrò, era: *L'amore non lo vede nessuno*. E, a caratteri più piccoli, vi era un sottotitolo: *Piccole note di morale quotidiana*. Il cognome dell'autore era stampato in alto: Paredes de Cardenas. Non le diceva nulla. Aprì la copertina e si lasciò sfuggire un urlo: sulla terza pagina c'era una dedica, scritta a mano, con bella calligrafia: «*A Federica, perché ritrovi nella luce la natura autentica dell'amore*». Firmato: Paolo PdC.

Era a cavallo. Chiamò subito Eugenia.

«Ge', come stai?»

«Dài, me la cavo, nonostante la tosse. E tu, tutto a posto?»

«Sì. Ti ricordi» disse lasciando trasparire la sua evidente eccitazione «che ieri mi hai detto che per risolvere il mistero mancavano due elementi?»

«Certo... E allora?»

«Ci siamo, almeno per uno di essi. Per il secondo, invece, chiama subito il tuo amico e fagli provare questa password: *L'amore non lo vede nessuno*. Digli di fare, come l'altra volta, tutte le prove, con l'iniziale maiuscola, con l'apostrofo, senza, con le parole tutte di seguito e con gli spazi...»

«Ok, ma mi puoi spiegare?»

«Tu sbrigati e fammi sapere al più presto. Poi ti racconterò tutto.»

Chiuse la conversazione, si lasciò cadere sulla poltrona e riprese il libro in mano. Cominciò a sfogliarlo. Doveva essere un testo assai impegnativo, pensò, denso com'era di citazioni e di note, specialmente per una donna frivola come sua sorella. Eppure quelle pagine erano vissute, qua e là c'erano delle sottolineature a matita. E persino dei commenti, a margine, appuntati da Fede con la sua inconfondibile grafia. Arrivò velocemente alla fine del libro e si soffermò sul risvolto posteriore della copertina. C'era la foto dell'autore, lo riconobbe immediatamente. Cominciò a leggere la biografia e per un pelo non cadde dalla poltrona. Dovette attendere un attimo, prima di alzarsi, che il cuore riprendesse a battere con ritmo regolare.

Era tutto talmente assurdo, incredibile, pazzesco. Ma così tremendamente logico.

XV

Misericordia e verità s'incontreranno

Martedì 25 luglio

«Forse non le farà piacere, ma so tutto di lei, señor Paolo Paredes de Cardenas...»

Silvia era talmente impaziente che, appena aveva visto la Mercedes scura infilarsi nel piazzale del benzinaio, era corsa incontro all'uomo.

Lui sembrò deluso, ma non sorpreso.

«Io mi sono fidato di lei, aveva promesso – anzi, se non ricordo male, aveva giurato – che non avrebbe fatto ricerche per scoprire la mia identità. Mi ha mentito, dunque.»

«No, glielo posso assicurare. Non ho fatto nessuna indagine...»

«E allora come lo ha scoperto? Mi spieghi. Ho forse sottovalutato il suo intuito femminile?»

«È molto più semplice. Ho trovato il suo libro nascosto in un cassetto dell'armadio di Federica. C'era la sua foto sopra. E tutto il resto.»

L'uomo sembrò sollevato e persino un po' compiaciuto.

«E pensi che ho litigato con l'editore per quella foto. Non la volevo assolutamente, cercavo di difendere la mia privacy, ma lui ha insistito e alla fine ha vinto. Con gli editori è sempre una guerra persa in partenza.»

«E dunque, come può vedere, né intuito femminile, né ricerche su di lei. Diciamo che è stata la verità che è venuta a cercare me.»

La voce di Silvia era particolarmente tagliente. Proseguì, implacabile: «Sarà stata la fortuna, il caso o, forse, la Provvidenza? Mi dica lei, Paolo, che di queste cose è esperto. O devo chiamarla "padre"?».

L'uomo scrollò le spalle: «Mi chiami come vuole, Paolo va benissimo. E pensare che, fino a poco tempo fa, pretendevo che tutti, persino gli amici o i familiari, mi chiamassero padre Paolo. Proprio perché tenevo a rimarcare la differenza, la separatezza tra laici e consacrati. Ma le cose cambiano. E noi ci adattiamo, di conseguenza».

Silvia lo fulminò con gli occhi. Erano gonfi di risentimento. Paolo continuò: «L'altra volta mi guardava con compassione, oggi con ostilità. Posso comprendere la sua reazione. Ma mi piace ricordarle che si dice sempre che sotto la tonaca c'è un uomo. E che l'uomo, per sua natura, è debole e fallace. D'altra parte, è vero anche che l'abito non fa il monaco».

«Sì, confermo, sono molto arrabbiata, delusa da lei. È vero che mia sorella gliene ha fatte passare di cotte e di crude. Ma lei era, anzi, è un prete. Ed è molto grave che un prete si sia fatto invischiare in una storia torbida come questa. Lei non è una persona come le altre, i preti devono essere i primi a dare l'esempio...»

«Lei ha perfettamente ragione. Ne sono persuaso. Solo che...»

«Che cosa?»

«Dio ha voluto mettermi alla prova e io la prova non l'ho superata, l'ho tradito. Nel modo più becero e scontato. Io che fustigavo i costumi, che spronavo le giovani coppie ad arrivare caste al matrimonio, io che ero uno strenuo sostenitore del celibato dei preti e che consideravo la purezza come una delle virtù più importanti per un cristiano, sono scivolato sulla classica buccia di banana: la sensualità, la lussuria, l'amore carnale per una donna che, per quanto riguardava il sesso, non si faceva certo scrupoli. Che scarsa originalità per dannarmi l'anima!»

«Guardi, Paolo, poche chiacchiere. Credo che lei ora dovrebbe avvertire in coscienza il dovere di raccontarmi molte cose alla luce di quello che ho scoperto. Solo che qui, in questo piazzale, si muore di caldo. Quindi per proseguire ce ne torniamo al nostro vecchio bar con l'aria condizionata...»

«Ma non è prudente» protestò lui. «Si ricorda del tipo che ci pedinava?»

«Vittorio? Di lui non si deve preoccupare. L'abbiamo sistemato. Non ci darà più fastidio.»

Paolo la guardò impensierito: «Sicura?».

Silvia rispose: «Le racconterò ogni cosa. Ma al fresco e con una bibita ghiacciata davanti. Ci rivediamo al bar, mi segue con la sua auto?».

Pochi minuti dopo erano seduti al solito tavolino. Il barista li aveva salutati con un sorriso e un compiacente «bentornati!».

Silvia non si perse in convenevoli: «Ora mi deve dire di lei, della sua vocazione, della sua vita. E, infine, del rapporto con mia sorella. Dobbiamo ripercorrere tutto da capo, senza le originarie omissioni. Solo così potrò farmi un giudizio obiettivo su Federica e su di lei...».

«Vuole emettere contro di me un verdetto di condanna? È, mi permetta, un processo dall'esito scontato. E per giunta l'imputato si professa colpevole. Troppo facile così.»

«Se si condanna, padre Paolo, si condanna da solo, con le azioni che ha commesso. Quanto a me, mi è sufficiente sapere, per capire.»

«E sia, vostro onore. Mi appello preventivamente alla clemenza della corte. Piuttosto: quanto tempo abbiamo?»

«Ho mandato le mie figlie al mare con il nonno, in Liguria. E mio marito è in trasferta per lavoro fino a giovedì. Quindi, in teoria, potrei stare ad ascoltarla per tre giorni interi...»

«Credo che ci vorrà molto meno.» Paolo tirò fuori dalla tasca un pacchetto di sigarette e lo appoggiò sul tavolino. Poi proseguì: «Allora, se non sbaglio le ho già raccontato dell'atmosfera rigorista che si respirava in famiglia, una famiglia nobile, di origine spagnola, che si diceva annoverasse tra i suoi antenati addirittura un grande inquisitore. Si ricorda?».

«Sì, me lo ricordo bene. Prosegua...»

«Era abbastanza naturale che una famiglia come la mia potesse offrire a Dio e alla Chiesa almeno uno dei suoi figli. Era nel conto e i miei genitori se lo aspettavano.»

Silvia interloquì: «Quindi mi sta dicendo che la sua non fu una autentica vocazione, quanto la volontà di compiacere il desiderio dei suoi...».

Paolo scosse la testa: «No, assolutamente no. La prego di credermi: la mia è stata una vocazione sincera, pura, consapevole e autonoma. Ero innamorato di Cristo e del Vangelo. Ero convinto che Dio mi avesse sfiorato il capo con le sue dita e non desideravo altro che servirlo».

«La interrompo un attimo. È mai stato innamorato di una donna, prima di mia sorella?»

«Sì» rispose lui, alzando gli occhi in alto, per ricordare. «Dovevo avere dodici o tredici anni...»

Silvia scoppiò a ridere: «Dodici anni? Ma quello non è amore, è al massimo una cotta!».

«Be'» rispose Paolo intenerito, «si dice che i sentimenti non abbiano età. Non so se fosse amore o solo una cotta, però quella ragazzina mi spezzò il cuore e quell'esperienza così dolorosa me la sono sempre portata dentro. Si chiamava Lucrezia, era la compagna di banco di una mia cugina. I miei zii avevano una bella villa con giardino a Fregene, una località di mare vicino Roma. Io ero spesso ospite da loro e una volta mia cugina Simonetta invitò per qualche giorno a Fregene anche questa Lucrezia. Appena la vidi, provai un tuffo al cuore. Fu, come si usava dire, amore a prima vista.»

«Ricambiato?»

«Nemmeno per sogno. Ero totalmente impreparato a una evenienza del genere e non sapevo nemmeno come gestirla. Nessuno mi aveva spiegato niente sull'amore o, almeno, sulle tecniche di abbordaggio. Con Lucrezia ero goffo, imbarazzato, impacciato: tutte le qualità, insomma, che una ragazza apprezza in un ragazzo!»

Silvia sorrise con indulgenza. Paolo proseguì: «Più capivo di rendermi patetico di fronte a Lucrezia, più cercavo di rimediare commettendo altre magre. Facevo continue battute per conquistarla, io le trovavo esilaranti, ma lei non rideva mai! Confidai allora tutto il mio trasporto a mia cugina che si incaricò di fare da messaggera. Passai ore e ore in disperata attesa. Pregavo il Cielo che mi concedesse questa grazia. Finii per scoprire che Lucrezia e Simonetta ridevano di me in combutta. C'era un aspetto, nella mia complessiva inadeguatezza, che aveva particolarmente colpito in modo sfavorevole Lucrezia».

«E cosa mai poteva essere?»

«L'abbigliamento.»

«L'abbigliamento?» domandò Silvia stupita.

«Sì. Lei era una ragazzina viziata e modaiola, io mi vestivo con i panni rimediati dei miei fratelli o dei cugini più grandi. In genere mi stavano larghi e corti. Da noi, in famiglia, si usava così e io non ci avevo mai dato peso. La moda era vista come qualcosa di superfluo, quindi immorale. E mai avrei pensato, a quella età, che una maglietta griffata, un paio di jeans di marca o un costume da bagno di tendenza potessero fare la differenza in un affare di cuore. Ma le cose, a Fregene, andavano in modo diverso. Mia cugina, riportandomi il responso negativo di Lucrezia, mi spiegò perfidamente che la sua amica non avrebbe mai e poi mai potuto "mettersi" con uno che si vestiva come me! Ce l'aveva in particolare con il mio costume da bagno, dei boxer a quadroni scozzesi, che a me – a dirla tutta – erano sempre piaciuti. Ero distrutto, annichilito. Devo ammettere che in quel frangente sono arrivato a odiare i miei genitori, che mi mandavano in giro vestito in quel modo.»

«Rivelò mai ai suoi questo suo risentimento?»

«Con mio padre sarebbe stato inutile. Anzi, si sarebbe arrabbiato e mi avrebbe messo in punizione. Lo confidai a mia madre: lei si era accorta del mio umore nero, non mangiavo, stavo chiuso nella mia cameretta a piangere tutto il giorno e dolcemente me ne chiese conto. Le raccontai tutto. Mi rispose che una ragazza che bada solo al costume da bagno è meglio perderla che trovarla, che l'amore vero si basa su una forte intesa interiore, sull'essere, non sull'avere. Sentivo che erano parole sagge, ma il mio cuore di adolescente sanguinava egualmente: per me l'unico, vero e grande amore della mia vita era e sarebbe stata solo Lucrezia. Senza di lei ero perduto! Fu a quel punto che commisi una marachella, forse la prima della mia vita. La seconda, di ben altra gravità, l'ho compiuta con sua sorella. Quella che riguardava Lucrezia fu veramente una ragazzata, ma non sa dopo i sensi di colpa!»

Silvia era, insieme, divertita e intenerita da quel racconto. Pensò che le ragazzine, anche lei non aveva fatto eccezione, erano veramente crudeli con i ragazzi più buoni e gentili, quegli stessi poi che cercano, spesso invano, di sposare quando sono in età da marito. Chiese a Paolo di proseguire il racconto. Lui non si fece pregare.

«Insomma, dovevo ritornare al mare dagli zii per ancora qualche giorno e mia madre mi consegnò una piccola cifra, dovevano essere diecimila lire, circa venti euro di oggi, che avrei dovuto recapitare a mia volta alla zia, per non so quale debito da rifondere. Io, invece, una volta arrivato in pullman a Fregene, mi recai immediatamente in un negozio di articoli sportivi e con quei soldi comprai un costume della marca preferita da Lucrezia: lo ricordo ancora perfettamente, costò ottomila lire ed era uno slip attillato da gara, con i lacci e i colori della bandiera italiana, bianco rosso e verde.

Orrendo, se ci penso ora! Lo indossai e mi presentai in spiaggia al cospetto di Lucrezia, gonfio di speranza, convinto di aver finalmente trovato la chiave di accesso al suo cuore. E, invece, appena mi vide scoppiò a ridere sguaiatamente, davanti a tutti, additando con scherno il mio costume nuovo! Scoprii, mio malgrado, che quelli alla moda avevano la bandiera americana o quella inglese. L'italico tricolore era invece, così mi disse Lucrezia, da "sfigato". Scappai via, umiliato e abbattuto. Alla cocente delusione amorosa si aggiunsero i rimorsi per quei soldi rubati e sprecati inutilmente.»

«E come finì con i suoi?»

«A mia zia raccontai una bugia, che avevo perduto i soldi per strada, e lei non fece una piega. Disse di non preoccuparmi. A mia madre, invece, non raccontai nulla, confidando sul silenzio di mia zia. Però nelle angosciose nottate che passai in seguito mi vennero in mente le sue parole sull'essere e sull'avere. E pensai che, una volta di più, aveva ragione lei... Certo, oggi a distanza di tanto tempo e di fronte ai gravi accadimenti che la vita ci riserva, quelle pene d'amore ci sembrano minime, trascurabili, persino ridicole: e oggettivamente lo sono. Ma su un corpo e un'anima piccoli, come sono quelli degli adolescenti, fanno l'effetto di un terremoto.»

Silvia annuì: «Le dico solo che il mio primo fidanzatino mi fu soffiato, apposta, da mia sorella. Lei era molto più bella e abile di me. Tese la sua trappola e lui ci cascò come un merlo. Stettero insieme per una settimana al massimo, poi Fede lo mollò di punto in bianco, senza alcuna spiegazione. Lo aveva conquistato solo per farmi un dispetto! Non sa quanto male mi fece».

«Quando cresciamo tendiamo a dimenticarci di quelle sofferenze adolescenziali. Invece, dovremmo ricordarcene quando abbiamo a che fare con i ragazzi.»

«È esattamente quello che intendo fare quando le mie figlie cresceranno. Non sopravvalutare, ma nemmeno sottovalutare le loro pene amorose. Ma lasciamo Lucrezia e torniamo alla sua vocazione... Quando sentì, come si dice, la chiamata? E come la presero i suoi genitori?»

«Non fu, per nessuno, neanche per me, un fulmine a ciel sereno. Non ci fu bisogno, come per san Paolo, di una caduta da cavallo o di un'improvvisa illuminazione. La mia vocazione era come un lievito che cresceva dentro di me, in silenzio, giorno dopo giorno. Quando comunicai la notizia alla famiglia e agli amici più stretti, nessuno fu sorpreso. Sembrò a tutti il naturale sbocco di un'esistenza vissuta nell'adorazione di Dio e nell'osservanza, interiorizzata, dei suoi precetti. I miei genitori furono contenti, ricordo la loro commozione quando annunciai che avevo maturato l'intenzione di lasciare l'università, ero iscritto al primo anno di Giurisprudenza, per seguire la vocazione sacerdotale. Loro, soprattutto mio padre, avrebbero forse auspicato che io entrassi in qualche ordine religioso di prestigio, come i domenicani o i gesuiti, ma io volevo fare il prete semplice, lavorare in parrocchia a stretto contatto con le persone. Entrai nel seminario diocesano di Roma a vent'anni. Studiai filosofia e presi la licenza in Teologia morale. Ordinato sacerdote, fui nominato viceparroco in una chiesa di un quartiere altoborghese di Roma. Non era un ambiente facile. Ipocrisia, perbenismo, conformismo, indifferenza caratterizzavano quella comunità. E, a mio parere, noi preti ne eravamo in qualche modo corresponsabili. Avremmo dovuto reagire, cacciare via i mercanti dal tempio, denunciare dal pulpito la corruzione dei costumi, il degrado morale. E invece a me sembrava che, in un atteggiamento di accondiscendenza, a cui si davano i nomi di tolleranza, di indulgenza e di perdono generalizzato, si finisse invece per smarrire il senso della vita cristiana e si annacquasse pericolosamente il messaggio evangelico.»

«La interrompo: ma il perdono non è una caratteristica del cristianesimo?»

«Certo che lo è: ma per essere perdonati, a rigor di dottrina, bisogna ammettere di aver peccato, impegnandosi a non commetterne più. E, invece, le comunità cristiane, preti compresi, stavano, ai miei occhi, perdendo il senso del peccato: era tutto, come dire, lasco, fiacco, slabbrato. La Chiesa, in nome dell'accoglienza o, meglio, della compiacenza, perdeva ogni giorno vigore. Cominciai a riflettere su questa condizione e individuai subito la radice di quello che per me era un vero e proprio cancro che stava corrodendo, dall'interno, la Santa Chiesa. Tutto originava, secondo la mia visione, da un certo progressismo, nato dopo il Concilio Vaticano II, da un'esegesi moderna, e dunque contaminata, del messaggio millenario di Cristo. Per usare un'espressione in voga oggi: la Chiesa stava diventando una fabbrica di buonismo, rinunciando a proclamare la propria verità. E la società stava, non a caso, andando a rotoli: perversione, divorzio, pornografia, bestemmie, aborto, contraccezione, omosessualità e così via. Quando confessavo, cercavo di mettere il peccatore di fronte alla sua realtà sventurata, avvisandolo dei rischi che correva per la sua anima. Non poche volte, di fronte a un pentimento non autentico, ho rifiutato l'assoluzione. Il risultato è stato che nessuno veniva più a confessarsi da me, mentre si ingrossavano le file dei confessionali degli altri confratelli, molto più indulgenti, per non dire permissivi, di me. Ero così inquieto e disorientato che andai a parlare con il mio vescovo: mi ascoltò con pazienza e concluse che ero un bravo prete, ma mi disse anche che era il caso che moderassi il mio zelo. Avrei dovuto concentrarmi sulla carità, ossia sull'amore del prossimo, piuttosto che sulla condanna dei peccatori. Era esattamente quello che non avrei mai voluto sentire da un superiore. L'impressione che ne ricavai era quella di una resa totale e incondizionata di fronte a un mondo pervaso di forze demoniache.»

Il telefono di Silvia vibrò. Guardò lo schermo e impallidì. «Mi scusi» disse con evidente disagio, «è mio marito.» Si alzò e corse fuori dal bar. Paolo la poteva vedere attraverso il vetro, mentre discuteva animatamente, gesticolando. Quando tornò a sedersi, sembrava una furia. Paolo provò a chiederle: «Problemi?».

Lei tagliò corto: «Sì, ma è ordinaria amministrazione. Riprendiamo...».

Paolo non se lo fece ripetere: «La svolta intervenne di lì a poco. Evidentemente la mia fama di prete intransigente era uscita dalle mura della mia parrocchia. Fui contattato da un sacerdote latino-americano, un certo padre Enrique, che divenne ben presto la mia nuova guida spirituale. Mi raccontò che in Argentina era nato, da qualche anno, un nuovo ordine religioso, riconosciuto dal Vaticano, che si proponeva di riportare la Chiesa all'autorevolezza e al prestigio di un tempo. La fraternità si chiamava Nova Militia Domini, un nome in latino, che si ispirava agli antichi ordini combattenti. Non si trattava certo, mi spiegava padre Enrique, di brandire la spada contro gli infedeli, ma di combattere, questo sì, dentro e fuori la Chiesa il lassismo, l'irenismo, la contaminazione, l'omologazione, e di proclamare con parole nette e senza ambiguità la sola fede che salva: quella in Gesù Cristo, secondo la tradizione cattolico-romana. Nel giro di pochi mesi, chiesi e ottenni dal vescovo l'autorizzazione a entrare nella Nova Militia Domini. Mi trasferii in una delle loro case-comunità, che chiamavano in spagnolo *celda*, ossia cella. Il nome evocava gli antichi conventi, ma anche le carceri, perché dovevamo vivere segregati – spiritualmente e anche fisicamente – dalla massa dei peccatori. Il fondatore della nostra congregazione era un anziano prete argentino, padre Gabriel Gonzalo, che tra di noi chiamavamo semplicemente *Nuestro Padre*, e che viveva nella casa generalizia di Buenos Aires, circondato da un alone di riserbo e devozione e da una reputazione di santità. Nelle *celdas* si vociferava persino che avesse compiuto dei miracoli, guarendo delle persone gravemente malate. Ma sul nostro fondatore si erano anche appuntate malevole accuse di ambienti laici e progressisti: di tanto in tanto, sulla stampa internazionale uscivano articoli in cui si denunciava la connivenza di padre Gonzalo con la dittatura argentina e, addirittura, la sua complicità nella tragica vicenda dei *desaparecidos*. Per noi quelle notizie erano ispirate dal demonio e diffuse da ambienti di tipo massonico tesi a screditare chi voleva riportare la Chiesa all'antico splendore».

La donna domandò: «Era veramente così?».

Il prete rispose: «Non saprei cosa dirle. A quel tempo ne ero abbastanza certo. Ma, distaccato com'ero dalle questioni mondane, a me premeva soprattutto che all'interno della nostra congregazione si vivesse il messaggio evangelico con la necessaria radicalità: e questo era ciò che accadeva. Padre Gonzalo, di cui mandavamo a memoria tutti gli scritti, ci ricordava continuamente che la parola santo, dal latino, significa non solo "sacro", ma anche "separato". Separato dal mondo, dai peccatori. La vita nella comunità era improntata a una disciplina ascetica molto esigente. La televisione e le radio erano bandite, con l'eccezione dei canali del Vaticano. C'era anche il divieto di andare al cinema e a teatro; i concerti, dietro autorizzazione, erano ammessi, ma solo quelli di musica classica. I giornali e i libri erano soggetti a una sorta di censura interna. I contatti con i familiari dovevano avvenire sempre alla presenza di un superiore, non più di una volta ogni tre mesi. Se uscivamo dalla nostra *celda* per scendere nel mondo contaminato dalle potenze demoniache, al ritorno avevamo l'obbligo di riferire al nostro superiore tutte le tentazioni e i pensieri torbidi in cui in qualche modo ci eravamo imbattuti. Tra di noi si parlava in spagnolo o in latino, studiavamo e pregavamo figure eminenti e dimenticate dalla Chiesa postconciliare, come san Pio X, il papa che fece della lotta all'eresia modernista la ragione del suo magistero. La stessa disciplina imposta ai preti veniva richiesta ai laici che si rivolgevano a noi per dare un senso alla loro vita stolta e insignificante. Per loro c'era l'obbligo non scritto ma cogente di partecipare unicamente alle messe celebrate dai nostri sacerdoti e di confessarsi solo con loro. Anche se la via del celibato era da noi indicata come la più consona per servire Dio, i nostri laici che volevano sposarsi erano caldamente invitati a scegliersi il coniuge all'interno del movimento. Oppure doveva convincerlo a frequentare le nostre sedi, pena l'allontanamento dalla comunità. Eravamo, insomma, una Chiesa nella Chiesa. Io lì dentro ero a mio agio: quel mondo di zelo, di rigore, di inflessibilità era tutto ciò che desideravo per me e per la mia vita sacerdotale. Pensavo, insomma, di aver finalmente trovato la mia strada di perfezione, in una comunità fraterna in cui tutti condividevano i miei valori e il mio modo esigente di concepire il Vangelo e la vita della Chiesa. Poi, all'improvviso, accadde un fatto terribile. Sconvolgente. Il serpente della perdizione si era insinuato tra noi, attirando nelle sue spire mortali il nostro fondatore...».

«Padre Gonzalo?»

«Esattamente. Cominciarono a circolare notizie sulla sua presunta immoralità, su una sua turpe attitudine all'omosessualità e alla pedofilia. All'inizio noi non davamo credito a queste voci, pensavamo fosse il solito e diabolico complotto: ma poi le prove contro padre Gonzalo si fecero schiaccianti. Comparvero testimoni, furono pubblicati documenti e riportate alla luce antiche denunce. Alcuni dei nostri confratelli ammisero di essere stati violentati o molestati dal fondatore, nei nostri centri e nel nostro seminario. Fu per tutti noi un vero dramma, un evento che sconquassò le nostre coscienze, come un terremoto che in un attimo rade al suolo case, edifici, chiese, scuole. Per la nostra congregazione erano anni di lavoro, di fatica, di convinzioni profonde, di apostolato che andavano in fumo. Senza aggiungere il discredito e il disorientamento che colpivano tutti e ciascuno di noi.»

Padre Paolo si coprì il viso con le mani, per la vergogna,

e continuò a fatica il suo racconto: «In un momento di totale sconforto, padre Enrique mi confidò tra le lacrime che anche lui, in seminario, era stato abusato da padre Gonzalo. E che conviveva da anni con questo orribile segreto. Non aveva mai detto nulla a nessuno, perché padre Gonzalo gli aveva fatto giurare su Dio di mantenere il totale riserbo sulle oscenità compiute».

«Non posso crederci...» commentò Silvia.

«Ho imbarazzo a continuare: perché quando Enrique gli aveva chiesto in preda ai dubbi se quegli atti immondi non violassero il sesto comandamento, quel mostro del nostro fondatore gli rispose che lui poteva farlo, perché aveva ottenuto una speciale dispensa dal papa.»

«Non oso pensare al male che quelle parole, insieme alle violenze, causarono nella mente di un povero ragazzo. Ho i brividi solo all'idea» commentò Silvia, visibilmente scossa da quel racconto.

«Era il male. L'abiezione totale! Alcuni dei nostri, in preda alla disperazione, abbandonarono la congregazione. La diga era franata, miseramente. Padre Gonzalo fu sospeso *a divinis* dal Vaticano e poi processato in tribunale in Argentina. Fu condannato. Solo la sua età avanzata lo salvò dal carcere. Visse confinato in un convento sulle Ande, fino alla sua morte. Si venne a sapere, in seguito, che gli abusi sessuali erano solo la punta dell'iceberg. Si scoperchiò il vaso di Pandora e vennero fuori malversazioni, finanziamenti irregolari, complicità in operazioni occulte, distrazioni di fondi destinati all'assistenza. Anche le prove del coinvolgimento di padre Gonzalo nelle torture e nelle sparizioni in Argentina emersero in tutta la loro terribile evidenza. Il *Nuestro*

Padre, l'uomo a cui avevamo affidato le nostre vite nella speranza che ci conducesse alla salvezza, il nostro santo amato e venerato, si era rivelato per quello che era: un pedofilo, un truffatore e persino un aguzzino. Il mio mondo stava sprofondando e pensai che l'Apocalisse stesse per giungere...»

«Dio santo!» si lasciò sfuggire Silvia.

«Fu esattamente quello che dissi io. Mi affidai a Dio e alla sua volontà. Una volontà che accettavo, anche se per me era difficile da comprendere. I nostri nemici in Vaticano e fuori, spalleggiati dalla stampa di tutto il mondo e da ambienti anticattolici, cominciarono una campagna contro il nostro ordine religioso. Sostenevano una tesi illogica, ma molto insidiosa: ossia che il rigore che padre Gonzalo imponeva ai suoi discepoli era la diretta conseguenza della sua vita corrotta e depravata. E viceversa, in modo ancora più velenoso, che il rigore che la nostra congregazione perseguiva portava necessariamente alla perversione. Io mi ribellai, con tutte le mie forze, a questi assiomi erronei e gravissimi. Non era stato il troppo rigore, bensì la sua mancanza a fare deragliare la Nova Militia Domini e il suo fondatore! L'ordine fu inevitabilmente sciolto dal Vaticano e non poteva essere altrimenti. Non mi arresi: anche se la pianta aveva le radici avvelenate, i suoi frutti erano buoni e sani. Non volevo assolutamente che si disperdesse quel patrimonio di santità, di disciplina, di fermezza dottrinale e morale che avevamo accumulato in tanti anni di apostolato e di preghiera. Andai a parlare in Vaticano, alla Congregazione per gli ordini religiosi. Proposi di fondare una nuova comunità, il Sodalitium Christi che doveva aprire le porte a tutti gli ex appartenenti alla Nova Militia. Volevo offrire un porto sicuro per tutti i naufraghi, preti o laici, che erano stati travolti dalla tempesta che si era abbattuta su di noi a causa del peccato di padre Gonzalo. E del quale solo lui portava la colpa e la responsabilità. Il permesso mi fu accordato, ma non in modo permanente. Doveva essere un esperimento, una prova. Dopo cinque anni avrebbero valutato se farmi proseguire o meno nel cammino. Sono così andato, in questi ultimi anni, in giro per il mondo a recuperare, una per una, le pecorelle smarrite. Oggi la mia comunità nel mondo è composta da circa duecentocinquanta confratelli. Mentre il movimento dei nostri affiliati, i laici, conta già centomila persone in quindici Paesi. E ci sono molti che chiedono di entrare.»

«È questa la sua "famiglia", sono questi i suoi "figli" insomma, come mi raccontava negli appuntamenti scorsi! Non era una famiglia tradizionale, come lei intendeva farmi credere... E la sua non era una paternità naturale...»

«È così, Silvia. Sono loro i miei figli spirituali. La comunità religiosa è la mia vera famiglia. Deve però ammettere che non le ho mai veramente mentito, semmai sono stato un po' reticente...»

Silvia scosse la testa, in segno di disapprovazione, e chiese: «Ma ora mi racconta nuovamente, alla luce di quanto ho scoperto, che cosa accadde tra lei e mia sorella? Quando vi siete conosciuti?».

«La storia che le ho narrato negli scorsi appuntamenti è sostanzialmente veritiera. Le omissioni le ho usate solo per celare la mia identità... Ma ora non servono più. E dunque: stavo presentando in una libreria al centro di Milano il mio libro, quello di cui lei ha trovato la copia. Il titolo, *L'amore non lo vede nessuno*, prende spunto da una frase contenuta in un sermone di sant'Agostino sull'amore di Dio. Agostino spiega che l'amore in sé non è visibile perché è un sentimento astratto, ma che l'innamorato lo vede riflesso nel volto dell'innamorata e viceversa. Dice sant'Agostino: "Qual è il colore dell'amore? Quali i lineamenti? Quale la forma? Nulla di questo vediamo, eppure lo amiamo". E poi, subito dopo: "Lei vede lui. Lui vede lei. Ma l'amore non lo vede nessuno. Eppure ciò che si ama è proprio quello che non si vede". Da questo ragionamento il santo di Ippona parte per dimostrare l'esistenza di Dio. Dio, ci dice, è invisibile agli occhi dell'uomo, ma si vedono gli effetti del suo amore nel mondo. Questi erano i concetti che stavo illustrando in quella conferenza sull'amore cristiano. Quando finii, dal fondo vidi una mano alzata, era sua sorella. Le diedi la parola. Mi disse, con il chiaro intento di provocarmi, che sant'Agostino era famoso anche per una frase "*Dilige et quod vis fac*", ossia "Ama e fai quel che vuoi". Io non mi scomposi più di tanto, ne avevamo discusso spesso in seminario e nella mia congregazione. Quella frase era tutto il contrario della sua vulgata di comodo. Non era un lasciapassare. Non significava affatto che l'amore giustifica tutte le azioni, anche quelle più peccaminose: la fornicazione, l'adulterio, la sessualità al di fuori del matrimonio e così via. Tutt'altro. Del resto Agostino è molto chiaro, in tutta la sua opera, nello stigmatizzare la lussuria. Questo risposi a sua sorella, che replicò con insolenza. Alla fine dell'incontro, come le ho già raccontato, venne da me a farsi firmare il libro. Mi disse che le mie parole sull'amore le avevano aperto una breccia e mi chiese se era possibile incontrarci di nuovo per parlare... Il resto della storia lo conosce.»

«C'è una cosa che mi sta a cuore. Lei era veramente innamorato di mia sorella?»

«Ritengo di sì, l'amavo, l'amo ancora e, credo, l'amerò per sempre.»

«Perché allora non decise di lasciare il sacerdozio e di andare a vivere con lei? Non sarebbe né la prima né l'ultima volta che succede...»

Paolo sospirò.

«Non lasciai il sacerdozio perché avevo preso un impegno...»

Silvia obiettò: «Un impegno? Verso chi? Verso Dio, forse? Ma scusi: frequentando mia sorella, Dio lo tradiva tutti i giorni. Lei viveva nel peccato, in una situazione di ambiguità e, se posso permettermi, di ipocrisia. Non sarebbe stato molto meglio, per Dio e per lei, abbandonare la tonaca e regolarizzare la situazione con mia sorella?».

«È un discorso difficile, non so se lo comprenderebbe...»

«Guardi che non sono stupida. Ci provi...»

«Non ho mai pensato questo di lei, mi creda! Allora: decisi di rimanere prete non per l'amore che provavo verso Dio, verso il Padre, ma per l'amore che provavo verso gli uomini, i miei fratelli...»

«Ma non amava alla follia Federica? E che c'entrano gli uomini? Questa è proprio bella...»

«Mi lascia finire? Il rapporto con Dio, che aveva sempre illuminato la mia strada, si era interrotto, per mia unica responsabilità: lo avevo tradito, con il mio peccato grave, commesso con deliberato consenso e piena avvertenza. Però, tengo a sottolinearlo, non era una sfida a Dio, tutt'altro. Era una presa d'atto, sconcertante e innegabile, del fatto che l'amore umano, tangibile che provavo per Federica fosse più forte e avvincente di quello che avevo per Dio. Tuttavia, allo stesso tempo sentivo soverchiante su di me la responsabilità di quei confratelli confusi e dispersi dopo lo scandalo di padre Gonzalo. Se avessi lasciato il sacerdozio per mettermi con sua sorella, quali ulteriori reazioni avrei provocato in loro? Ancor più sfiducia, demoralizzazione, sconforto. Per la seconda volta in poco tempo il loro punto di riferimento spirituale si sarebbe rivelato un indegno peccatore. Quanti di loro avrebbero retto questo nuovo scandalo? Quanti di loro si sarebbero gettati nella disperazione, abbandonando l'ordine e forse anche la Chiesa? Potevo decidere per me: ero pronto a dannarmi l'anima per Federica, ma non potevo permetterlo per i miei confratelli. Se solo uno di loro, a causa dello scandalo per il mio peccato, avesse abbandonato la retta via, non me lo sarei mai perdonato. So che quello che sto per dirle le sembrerà insensato: ma in una mia scala ideale di amore, sua sorella veniva prima di Dio, ma i miei fratelli prima di Federica...»

«Ma scusi, e alla sua personale felicità non pensava? E a quella di Federica? Non pensava al dolore, allo sconcerto di mia sorella, che vedeva in lei finalmente coronato il suo desiderio di amore assoluto? E, poi, come pensava di continuare ad andare avanti con lei? Era così sicuro di poter impunemente frequentarla ancora per molto tempo, senza essere scoperto, e senza causare scandalo, questo sì gravissimo, tra i suoi confratelli?»

«Ammetto che Federica era la vita che avrei voluto: ma quando si è prete, quando si è stati educati al senso del dovere e al sacrificio, non si riesce mai a pensare davvero alla propria felicità sulla terra. Non sarei riuscito, insomma, a costruire la mia felicità e quella di sua sorella sulle macerie di altre persone. Quanto a Federica, non è vero che non ho mai pensato alla sua tristezza, alla sua delusione. Ci pensavo spesso, con rimorso e compassione. Ma ero sicuro che prima o poi sarebbe successo qualcosa che ci avrebbe divisi... Non fraintenda, non sto pensando affatto alla sua morte, Dio me ne scampi! Ma ritenevo che la passione sarebbe scemata, da una parte o dall'altra, o da tutte e due; e che sua sorella avrebbe trovato, prima o poi, un bravo ragazzo della sua età con cui condividere un progetto di vita... Imploravo il Signore di darmi tempo. Agostino, da giovane, pregava così, in modo sconveniente: "Signore, dammi la castità, ma non subito...". E anch'io mi comportavo in modo sconveniente. Non riuscivo a non amarla, a separarmi da lei: l'attrazione che provavo era più forte, più prepotente di ogni cosa. Come le ho raccontato non avevo mai avuto una donna prima. Non sapevo nemmeno immaginare la potenza di un abbraccio, di un bacio, di una notte d'amore. Pensavo, sbagliando, che ormai, alla mia età, non sarei mai caduto in tentazione. E invece...»

Padre Paolo si asciugò una lacrima. Poi seguitò: «Nulla è stato più bello, più dolce, più straordinario nella mia vita del primo periodo vissuto accanto a sua sorella. Non avrei voluto rinunziarvi per nulla al mondo. Ero però convinto che la situazione si sarebbe in qualche modo sistemata da sola, che tutto si sarebbe aggiustato, in un modo o nell'altro. Pensi anche solo alla differenza d'età che c'era tra me e sua sorella. Anche questo nodo, credo, sarebbe venuto al pettine prima o poi».

«Le voglio dire con grande franchezza quello che penso»

disse Silvia con l'aria di chi vuole togliersi un sassolino dalla scarpa. «Io comprendo il suo punto di vista di sacerdote, di persona di fede. Però la sua è una versione parziale, molto modellata su di sé. Egocentrica, se mi posso permettere. Abbiamo parlato spesso, e ne ho convenuto, dell'egoismo quasi patologico di mia sorella. Non voglio dire lo stesso di lei, che mi sembra un uomo equilibrato e forse questa sua qualità la rende ai miei occhi ancora più colpevole. Si metta però, per un attimo ancora, dalla parte di mia sorella: era una ragazza dai comportamenti spregiudicati e frivoli, ma evidentemente aveva fame e sete di assoluto. Mi ha molto sorpresa sapere che era venuta alla sua conferenza, non me lo sarei mai aspettato. Non era da lei. Eppure si presenta lì, a un dibattito su un libro di morale cattolica, scritto da un autorevole sacerdote esponente, se vogliamo chiamarla così, dell'ala rigorista della Chiesa. E cosa accade? Questa giovane donna, peccatrice ma alla ricerca di senso, ascolta le sue parole e rimane colpita da un uomo tutto di un pezzo, che parla di Inferno e di Paradiso, che passa la vita a indicare dove sia il bene e dove il male. E quest'uomo cosa fa? Invece di darle sane indicazioni e saggi consigli, invece di costituire per lei un esempio di integrità morale, finisce impigliato nella rete della sua seduzione.»

Silvia si fermò un attimo a bere l'ultimo sorso di spremuta. Poi tornò all'attacco: «Vede, padre Paolo: lei rappresentava agli occhi di Federica la purezza, l'integrità, il carisma e la forza, e per questo probabilmente si era innamorata di lei, inarrivabile e così diverso dai tanti uomini insulsi che aveva frequentato fino a quel momento. Ma padre, lasci che glielo dica: il suo rapido cedimento non ha rappresentato solo una vittoria di Federica, delle sue arti seduttive, su di lei. Ha significato per Federica scoprire che la virtù non esiste e che il mondo è degli ipocriti, dei deboli di spirito e dei mistificatori. E che tutti gli uomini, anche i più rigorosi e integri, hanno comunque un prezzo, sono conquistabili, sono corruttibili. Non è solo mia sorella che ha trascinato lei, Paolo, nel fango. Ma anche lei ha tolto a Federica ogni speranza di purezza e di redenzione. E questo, sinceramente, non so se riuscirò mai a perdonarglielo...».

XVI

Chiamerai salvezza le tue mura

Paolo abbassò lo sguardo.

«La verità degli uomini è sempre imperfetta e parziale, come lo sono i punti di vista. La verità intera la conosce solo Dio.»

Si accese l'ennesima sigaretta, Silvia pensò che si volesse nascondere il viso dietro alle volute di fumo. L'uomo continuò, con voce pacata: «Lei con me fa la parte dell'avvocato del diavolo, mette continuamente in discussione i miei punti fermi e questo è molto utile per il mio cammino di crescita personale. Guai se ci arrestassimo alle verità di comodo. Ogni meta raggiunta, sia pure con grande sforzo, è sempre precaria. La salvezza viene solo da Dio, non da noi... Mi ha molto colpito quello che ha appena detto. Le assicuro che le sue parole hanno lasciato il segno e che ci mediterò sopra con grande attenzione. Mi piacerebbe proseguire con lei questa riflessione: anche se le sue sferzate mi fanno la pelle a brandelli, sento che sono salutari per la mia anima. Ma tutto mi fa pensare che questo possa essere il nostro ultimo incontro. E probabilmente è meglio così».

«Ho molte cose anche io da far sedimentare e da elaborare. Ma perché ora dice che sarebbe meglio che sia l'ultimo? Ha appena sostenuto che le faccio del bene.»

«Perché lei mi ricorda troppo sua sorella...»

Silvia sorrise, compiaciuta ma anche imbarazzata: «Sì, ma lei era bella, alta e prosperosa. Io ne sono solo una brutta copia...».

«Non mi riferivo solo all'aspetto fisico. Ma comunque non è importante. Sarà di noi quello che Dio avrà in serbo per noi. Ma ora sono io che ho bisogno di farle una domanda, molto prosaica, terra terra: mi deve ancora spiegare perché non dovremmo più temere l'uomo dai capelli crespi. Non mi dica che l'ha... eliminato?»

«No, no, tranquillo. Nessun omicidio» rispose Silvia con aria furbetta, «lui è stato sistemato, ma in modo assolutamente non cruento...»

«Mi racconti, la prego.»

«Federica aveva trasferito dei file del pc su una chiavetta, che aveva poi consegnato a Inés, la sua dirimpettaia, insieme all'anello di smeraldi e brillanti che le aveva regalato lei. I file erano criptati. Senza il pc di Federica era praticamente impossibile leggerli, a meno di non conoscere la password.»

«E il pc di sua sorella dove è finito? Non lo ha preso lei?»

«No, dopo la sua morte è stato rubato.»

«E da chi?»

«L'abbiamo scoperto Eugenia, la mia amica, e io. Si tenga forte: da Vittorio, l'istruttore di pilates...»

«Ma a che scopo? Non capisco.»

«Ora ci arrivo. Mia sorella aveva l'abitudine, fin da bambina, di utilizzare come parola d'ordine il titolo del suo libro preferito in quel momento. E, insomma, non è che ne leggesse molti… Così, quando ho trovato nascosto in un cassetto il suo saggio con dedica, ho chiamato la mia amica Eugenia, che era in contatto con un hacker, e le ho detto di provare a inserire "L'amore non lo vede nessuno" come parola chiave. I file si sono finalmente aperti…»

Paolo fermò un attimo, con un gesto della mano, il discorso di Silvia, per ripercorrere mentalmente quel complicato succedersi degli eventi. Poi, finalmente sicuro di aver compreso bene tutto, domandò: «E, allora, che cosa c'era di tanto vitale in quella chiavetta?».

«Mia sorella aveva, come lei ben sa, la particolare abitudine di collezionare e catalogare le foto che la ritraevano, come dire… in disinvolta compagnia dei suoi amanti. Il suo computer era pieno di queste cartelle. Nella famosa chiavetta ne aveva trasferite due: una nominata "P", quindi Paolo, e un'altra "V", Vittorio.»

L'uomo trasalì.

«Questa cosa mi imbarazza fortemente. Lei e la sua amica le avrete sicuramente viste e provo vergogna di me…»

«Ma vergognarsi di cosa? Si dovrebbe vergognare Vittorio semmai e, mi duole dirlo, si sarebbe dovuta vergognare Federica.»

«Non la seguo, mi spieghi meglio.»

«Che cosa devo dirle che non sa già? Nella cartella "P" della chiavetta abbiamo trovato tante foto di lei insieme a mia sorella: a Roma, a Firenze, con delle montagne innevate dietro, a Venezia, ma sono immagini assolutamente innocenti, in pose normalissime, niente affatto compromettenti. Foto insomma del tutto compatibili con una normale amicizia senza implicazioni di carattere erotico. Mentre nella cartella "V"… be', le lascio indovinare. Un repertorio di scatti a luci rosse, questi sì veramente imbarazzanti.»

L'espressione dell'uomo le apparve sollevata, ma anche incredula. Lui le prese la mano, in un moto di affetto e di disperazione.

«Silvia, provo un grande imbarazzo per quello che le sto per dire e le chiedo perdono in anticipo. Sua sorella… Insomma, Federica, come le avevo raccontato…»

Silvia lo incoraggiò con uno sguardo colmo di indulgenza.

«Insomma, Federica, come le dissi, aveva una certa, insana tendenza all'esibizionismo. E nelle foto oscene, per compiacerla, ero incappato qualche volta anch'io» aggiunse l'uomo con il viso paonazzo.

La donna lo confortò: «Guardi che di foto sue in atteggiamenti intimi proprio non ce ne sono nella chiavetta! Può dormire sonni tranquilli…».

«Ma allora che fine possono avere fatto?»

«Federica non le ha proprio trasferite nella chiavetta…»

«Potrebbero forse essere rimaste nel computer, che ora è nelle mani di quell'essere spregevole?»

Paolo sembrava davvero angosciato.

«Mi lasci finire, capirà presto tutto.»

«Va bene, l'ascolto.»

«Vittorio, dopo la morte di Federica, era preoccupato che le foto hard che lo ritraevano con mia sorella potessero finire in mani sbagliate. Temeva che la moglie potesse scoprire le sue tresche e tagliargli i viveri. Era perfettamente a conoscenza che le sue foto erano nel portatile di mia sorella e provò prima a farsi consegnare da me le chiavi di casa di Federica per prendere il pc e poi, fallito questo tentativo, decise di rubarlo introducendosi furtivamente nell'appartamento. Ma dovette scoprire, suo malgrado, che la cartella con i suoi file compromettenti lì dentro non c'era più. Gli rimaneva il dubbio, legittimo, che le sue foto fossero state trasferite su un altro supporto; e questo costituiva un rischio troppo grande per lui. Era disperato. Decise pertanto di affrontarla e, poi, di pedinarla. Voleva accertarsi se quei file li avesse lei, padre Paolo. E, in caso contrario, avrebbe provato con me. Forse sarebbe arrivato anche al punto di ricattarmi, minacciando di diffondere in giro foto hard di mia sorella, tanto era viscido, disonesto e a caccia di soldi.»

«Mi rendo conto...»

«Ma non è stato lui a trovare me. Dopo aver decrittato i file, sono io che sono andata a cercarlo. Anzi, lo ha cercato Eugenia, la mia amica del cuore, che quando si tratta di proteggermi ha la potenza di un caterpillar.»

Paolo sorrise. La tensione si stava stemperando.

«Le informazioni che lei, Paolo, mi aveva dato su di lui erano più che sufficienti a identificarlo. Io ed Eugenia abbiamo fatto una semplice ricerca su internet, inserendo le parole: "Vittorio, pilates, Milano, pranoterapia", ed ecco che ci è apparso lui, il suo indirizzo, con tanto di mail e numero di telefono. E persino la foto: una faccia di... Mi scusi, padre. Quando penso a quell'uomo mi parte il turpiloquio.»

«Lei su questo punto può contare non solo sulla mia indulgenza ma anche sulla mia... benedizione!»

I due risero con evidente complicità. Silvia proseguì: «Insomma Eugenia lo chiama al telefono, con la scusa di un appuntamento per una seduta di pilates. Ma al dunque Eugenia gli dice invece a brutto muso che lei è un'amica di

Federica e che è in possesso di una chiavetta con dei file scottanti che lo riguardano. Lui comincia ad agitarsi, a perdere la testa. Fissano un appuntamento in un bar in centro a Milano. L'idea che avevamo noi era quella di proporgli uno scambio: noi avremmo distrutto in sua presenza la famigerata chiavetta; lui avrebbe dovuto restituirci il pc di Federica, con il catalogo fotografico di tutti i suoi amanti. Eravamo decise a non lasciare a nessun costo il computer nelle sue mani, per proteggere la memoria di mia sorella e per impedire qualunque altro tipo di ricatto. Nascosta nei paraggi di quel bar c'ero anche io, pronta a intervenire in caso di pericolo. Poco prima che quel tipaccio arrivasse, Eugenia mi aveva chiamata al telefono senza riattaccare: così io potevo ascoltare a distanza la loro conversazione».

«Quanto bene le vuole questa sua amica?»

«Immenso... Non so come avrei fatto a sopravvivere senza il suo affetto. Comunque, appena Vittorio arriva... mio Dio che personaggio insulso, squallido, non capisco come mia sorella abbia potuto portarselo a letto!»

Silvia si arrestò di colpo, rendendosi conto di aver fatto una gaffe.

«Non si preoccupi, sapesse quante volte io stesso l'ho pensato!» commentò Paolo accondiscendente.

La donna, incoraggiata, proseguì: «Insomma, questo Vittorio, appena arriva, ritiene di trovarsi di fronte a un tentativo di ricatto ai suoi danni...».

«*Omnia munda mundis; coinquinatis autem et infidelibus nihil mundum.*»

«Prego?»

«È una citazione di san Paolo. Significa che tutto è puro

per i puri. Ma per le persone malvagie, che vivono nell'immoralità, nulla può apparire puro, perché le loro anime sono contaminate dal male… Insomma chi è disonesto pensa che tutto e tutti siano come lui.»

«Be', credo che in questo caso san Paolo abbia colto perfettamente nel segno. Mia nonna diceva che da una rapa non puoi cavare il sangue. L'espressione è sicuramente meno raffinata, ma il concetto è suppergiù lo stesso… Comunque, le dicevo, prima ancora che Eugenia potesse fiatare, questo verme di Vittorio, con voce implorante, la scongiura di consegnargli i file che lo riguardano. Le ribadisce di essere povero in canna e che quindi da lui quattrini non ne avrebbe spremuti granché. Ed è qui che la cosa si fa interessante. Perché, praticamente, arriva a proporre a Eugenia di diventare suo complice…»

«Complice? E di quale misfatto?»

«Non crederà alle sue orecchie. Lui le dice di sapere che esistono, perché le ha intraviste nel pc di Federica, foto molto compromettenti di un altro uomo, assai più ricco e più in vista di lui. E propone a Eugenia di ricattare quell'uomo, ossia a provare a estorcere soldi a lei, caro padre Paolo!»

«Non posso crederci… Immagino la reazione della sua amica: si sarà presa un bello spavento.»

«No, non può proprio immaginarla, perché non la conosce. Invece di smontare il suo castello di farneticazioni, di spiegargli che non c'è alcun ricatto, Eugenia decide di assecondarlo. Gli dice che è d'accordo, che da quel momento sono soci in affari. Ma gli racconta che le foto compromettenti per Paolo sono in un'altra chiavetta criptata nascosta in un luogo sicuro e che per aprirle c'è bisogno che lui le consegni il pc di Fede. In meno di mezz'ora l'omuncolo torna e consegna, del tutto ignaro, il portatile a Eugenia. Lei ringrazia e sparisce con il pc… Non prima di avergli dato un numero di cellulare falso. E di aver fissato un nuovo appuntamento al quale mai si sarebbe sognata di andare! Siamo state brave?»

«Non so che dirle! Sono ammirato da tanta scaltrezza… Quasi diabolica, avrei detto, se non fosse stata a fin di bene!»

«Pensi che quando siamo arrivate a casa, Eugenia è stata presa dalla tentazione di spedire un paio di quelle foto di Vittorio alla moglie, per punirlo… Se lo sarebbe meritato. Con Eugenia quest'uomo non ha speso una, dico una, parola di rimpianto per la morte di Federica… Eppure stavano insieme da mesi. Sembrava che gli interessassero solo le foto, i soldi e nient'altro.»

«Sì, ma divulgare quelle foto non avrebbe significato gettare fango anche su sua sorella?»

«E no, caro Paolo, ci sottovaluta. L'idea di Eugenia sarebbe stata quella di tagliare o oscurare il viso di mia sorella, rendendola irriconoscibile. Oggi ci sono programmi che con le foto fanno miracoli. In quelle immagini scandalose si sarebbe potuto riconoscere solo l'attore protagonista: Vittorio. Sono stata io a fermare Eugenia. Le devo confidare una cosa, però…»

«Certo, sono qui.»

«È una cosa, mi rendo conto, assurda. C'è stato un giornale locale che ha insinuato il dubbio che l'automobile di Federica potesse essere stata manomessa…»

«Non ci posso credere!»

«Devo anche ammettere che per un po' abbiamo sospettato di lei e, anche, dell'istruttore di pilates...»

Paolo si fece scuro in viso: «Sua sorella mi aveva ferito mortalmente, ma io non avrei mai...».

Silvia lo interruppe: «Prima che sorga un equivoco, le dico subito che il rapporto di chiusura delle indagini sull'incidente ha escluso in modo tassativo qualunque manomissione o guasto, accidentale o meno, all'automobile. E anche l'ipotesi del suicidio. Il tir non ha rispettato la precedenza e Fede, che viaggiava ad altissima velocità, come al suo solito, gli si è schiantata contro, ma ha provato a frenare, poveretta. Ce lo ha comunicato la polizia stradale lo stesso giorno in cui abbiamo recuperato il computer. E subito dopo aver ricevuto quella notizia ho convinto Eugenia a desistere sui suoi propositi di punire Vittorio. Federica è morta. Nessuno l'ha uccisa, solo la sua detestabile imprudenza, e niente o nessuno ce la riporterà in vita. La sua scomparsa improvvisa ha in qualche modo creato un nuovo equilibrio. Per lei, Paolo, tutto si è sistemato, ma anche per quella sanguisuga di Vittorio, che non ha più nulla da temere. Tutto torna, almeno apparentemente, al suo posto. Che senso avrebbe avuto vendicarsi di lui? E perché poi fare del male a sua moglie? Che colpa ne ha lei?».

«Ha fatto benissimo. Decisione saggia. *Lascia che i morti seppelliscano i loro morti*, dice il Vangelo. Ho però un interrogativo in sospeso: le mie foto compromettenti, che fine possono aver fatto?»

«Ho una risposta anche per questo. Penso che la stupirà. Abbiamo fatto esaminare il pc dall'hacker. Ci sono tracce evidenti che pochi giorni prima di morire, in piena notte,

Federica abbia cancellato in modo irreversibile, con un programma appositamente scaricato dal web, un certo numero di file dentro la cartella denominata "P". Con ogni probabilità, si trattava delle vostre foto in atteggiamenti intimi. Mia sorella, nonostante la cocente delusione che ha ricevuto da lei, ha voluto salvaguardarla... Non possiamo escludere, anzi è piuttosto probabile, che Vittorio, che aveva intravisto quelle vostre immagini, abbia proposto a Federica di organizzare un ricatto a suo danno. E che, di fronte al diniego di Federica, l'abbia in qualche modo intimidita.»

«Era dunque di queste minacce e di questo ricatto che sua sorella voleva parlarle la sera in cui è andata a schiantarsi contro il tir...»

«È molto plausibile! Mia sorella ha distrutto quei file in fretta e furia, di notte. E perché lo ha fatto? C'è una sola risposta logica: perché teneva a lei, padre Paolo, alla sua reputazione e voleva evitarle qualunque problema, il rischio del ricatto o dello scandalo...»

Paolo si fermò a pensare. Poi schioccò le dita e disse: «Silvia, mi ha appena aperto un mondo. Sua sorella era, come sappiamo, spregiudicata. Non ha esitato ad architettare quello sconcio e crudele gioco della benda per punirmi o, più probabilmente, per un estremo, assurdo tentativo di riconquistarmi. Eppure, la vicenda della cancellazione notturna delle foto mi ha definitivamente convinto di una circostanza, sulla quale meditavo da tempo: nonostante tutte le perfidie, le sofferenze e le umiliazioni che mi ha inflitto, Federica non ha mai e poi mai pensato di rivelare la nostra storia, di creare uno scandalo pubblico, di rovinarmi la reputazione. Avrebbe potuto benissimo minacciarmi. Usare le fotografie come arma di pressione per costringermi a tornare con lei. E se, invece, avesse voluto vendicarsi del mio rifiuto, sarebbe bastata una lettera anonima al Vaticano o a un giornale nemico con foto a corredo. Ne sarei uscito distrutto, devastato! Se la nostra relazione fosse stata scoperta, lei non avrebbe avuto granché da perdere, io tutto. Sua sorella aveva in mano molte carte per annientarmi, ma non l'ha fatto. E ora apprendo che aveva anche cancellato le nostre immagini compromettenti per impedire a Vittorio o a qualcun altro di usarle contro di me. Le altre foto, invece, le aveva volute conservare, in ricordo del nostro amore. Federica mi ha fatto del male, molto male, è vero. Ma era come se tutto – amore, colpa, rabbia, vendetta, tenerezza, controllo e crudeltà – dovesse riguardare noi due soli, e nessun altro, come se ogni cosa tra noi e di noi dovesse rimanere strettamente confinato nell'esclusività del nostro rapporto».

«Penso che Federica, con tutte le sue mille contraddizioni, l'amasse di amore assoluto» confermò Silvia. «Proprio quel sentimento travolgente ed esclusivo di cui abbiamo parlato nei giorni scorsi…»

XVII

Il lupo dimorerà con l'agnello

Venerdì 4 agosto

Un tappeto liso, brutti quadri di santi alle pareti, sedie scomodissime e un tavolino demodé di legno chiaro pieno di riviste devozionali. In quella piccola sala d'aspetto Silvia stava attendendo in piedi da più di un quarto d'ora. Indossava un abitino rosso di seta che aveva preso nell'armadio di sua sorella.

Un'ombra scura si delineò dietro al vetro smerigliato giallastro e la porta si aprì. Apparve un uomo alto, vestito con una lunga tonaca nera bordata di viola. Un crocifisso di ferro gli pendeva dal collo.

«Buongiorno, mia cara amica. Grazie di essere venuta. Mi dispiace averla fatta attendere.»

Silvia si alzò e gli tese la mano: «Padre Paolo, si figuri, sono qui da pochi minuti. E sono io che la ringrazio di avermi ricevuto. So che per lei sono giorni complicatissimi...».

Non l'aveva mai visto vestito da prete, ma concluse che l'abito talare gli stava benissimo. Anche se le provocava un po' di soggezione.

«Sono contento che sia riuscita a venire» rispose lui con

una espressione dolce. «Mi fa molto piacere salutarla prima di partire. Come sta?»

«Meglio, grazie. Il dolore del lutto è sempre presente, ma pian piano ci si abitua. La mia maggiore preoccupazione resta mio padre. Ho paura che non riuscirà più a riprendersi. Per fortuna ha da badare alle nipotine. Sono instancabili, terribili, pretendono continue attenzioni, ma almeno gli riempiono la giornata. E lei come sta?»

«Un po' frastornato, sicuramente. Devo ancora smaltire le emozioni, il cardiopalma, i continui stravolgimenti che ho vissuto negli ultimi mesi. Tuttavia persevero con grande convinzione nell'intento di fare ordine nella mia esistenza. Mi sono rimesso in cammino su una nuova strada, non so dove mi porterà, ma so che, con l'aiuto di Dio, non tornerò più sui miei passi. Un'altra vita comincia da oggi.»

«E ai suoi confratelli che cosa ha detto?»

«Molto semplicemente che era arrivato il momento di passare il testimone. Che tutti sono utili in questo mondo, ma nessuno è indispensabile. Ho chiesto di lasciare l'ordine e di tornare a essere un semplice prete di parrocchia e mi sono sottomesso al vescovo. Ho suggerito al Vaticano, che ha accettato, di nominare padre Enrique mio successore. È un uomo integro, paziente e capace. Ha conosciuto, suo malgrado, l'abisso del peccato, la sofferenza e la forza salvifica della grazia. E per questo non è uno zelante, ma un misericordioso. Sarà un'ottima guida per quel gregge smarrito e spaesato di miei ex confratelli che ha così bisogno di un pastore buono e giusto.»

«E dunque ci lascia...» commentò la donna con un tono rammaricato. «Quando parte?»

«Domani mattina. Vado a Roma, sto lì al massimo un paio di giorni per salutare i miei e per fare qualche commissione, e poi volo via lontano.»

«Destinazione? Sono indiscreta se chiedo?»

«No, no. Si figuri. Inizialmente pensavo di andare in Africa o in un monastero in Siria, sulle tracce di un grande prete, martire della fede, padre Paolo Dall'Oglio. Ero alla ricerca di un deserto in cui perdermi per ritrovare me stesso. In Vaticano hanno però preferito il Brasile e ho accettato di buon grado. Nella città dove andrò c'è un enorme e popolosa favela, abitata da quasi un milione di persone, che vivono in condizioni disumane, segnate da miseria, degrado, prostituzione minorile, droga e violenza. In quel quartiere di baracche, prive di fogne e di acqua potabile, non entra neanche la polizia. È una zona abbandonata dalle istituzioni, ma non dalla Chiesa. L'unico presidio di solidarietà è un ospedale, gestito da religiosi, con il supporto di medici e infermieri volontari, e che riesce ad andare avanti solo grazie alla generosità di fedeli e benefattori. Andrò a dirigere la comunità che opera nell'ospedale. Lì dentro si curano non solo le malattie del corpo, ma anche quelle dell'anima. Abbiamo una mensa per i poveri, un centro di ascolto, una piccola comunità terapeutica per la disintossicazione dalla droga, una scuola elementare e una casa famiglia protetta per le vittime di violenza sessuale e sfruttamento minorile. Pensavo che il mio vescovo mi avrebbe destinato a una vita prevalentemente di preghiera e di contemplazione e invece mi ha detto: "Lei ha un sovraccarico di amore che deve incanalare nel servizio ai poveri, agli emarginati e ai malati". All'inizio ero perplesso e ho detto di sì solo per ubbidienza.

Con il passare dei giorni, invece, ho pensato che avesse ragione. L'esperienza di amore con Federica, per quanto vissuta nel peccato, mi ha colpito profondamente, provocando in me un radicale cambiamento. Per dirla con il nostro vocabolario, una vera conversione.»

«Convertirsi lei? Ma da quello che ho compreso dalle sue parole, mai, nemmeno nei momenti più oscuri, lei ha mai dubitato di Dio.»

«No, ho fatto di molto peggio. Ricorda cosa scriveva Dostoevskij nei *Fratelli Karamazov*? Se Dio non c'è, allora tutto è permesso. Io mi sono permesso tutto, pur sapendo che Dio c'era. Non era una sfida, questo no, non avevo mai sentito l'esigenza di prendere il cielo a pugni. Ma vivevo in uno stato di eccitazione permanente, di delirio di onnipotenza, provocato forse, a livello fisiologico, anche dall'adrenalina che la presenza di sua sorella faceva produrre al mio corpo. Una sfida diretta a Dio, come quella di Lucifero o degli altri angeli ribelli, non l'ho mai cercata e non sarei stato in grado di reggerla. Le rivelo un segreto… Sa qual è stata l'unica volta che ho detto un no deciso a sua sorella?»

«Non oso pensarlo…»

«Mi propose di compiere atti osceni all'interno di una chiesa. In quel caso il mio rifiuto fu drastico! Le dissi che di commettere un atto sacrilego non se ne parlava proprio. Anche a costo di finirla con lei lì, da subito.»

«E come reagì mia sorella?»

«Fu sorpresa dalla mia fermezza. In genere gliele lasciavo passare tutte… Si incupì un attimo, ma poi non disse più nulla. Lasciò cadere l'argomento e passò subito ad altre provocazioni. Ma su quella lì non ci tornò mai più sopra.»

«Mio padre ha sempre sostenuto che con Federica ci volesse polso. E che qualche no, ben piazzato, le avrebbe fatto meglio più di tanti sì...»

«Forse se me ne fossi reso conto subito... Ma è inutile pensarci ora, quello che è stato è stato. Bisogna chiudere con un passato pieno di ombre e di tenebre e spalancare le finestre su un futuro di luce e di speranza.»

«E del suo futuro, allora, cosa mi dice?»

«Come le dicevo, Silvia, mi sento intimamente cambiato. Ho riflettuto sul fatto che le mie radici sono salde e sane, ma che la pianta è venuta su con un tronco storto. Kant diceva che da un legno storto, come è quello di cui è fatto l'uomo, non può uscire nulla di interamente diritto. È la conseguenza del peccato originale, della natura corrotta dell'uomo. Ma se il ramo non si può raddrizzare, perché altrimenti si spezza, si può potare. E potando, la pianta si rigenera. Le dispiace se fumo?»

«No, si figuri.»

Paolo riprese: «Ho tagliato molto, delle mie convinzioni, del mio orgoglio. Non posso dire di essere un uomo nuovo. Il passato, la mia parte oscura, ingombrante, peserà sempre su di me. Ma un uomo rigenerato sì. E siccome le vie del Signore sono misteriose e tortuose, la mia rigenerazione è avvenuta grazie all'incontro con Federica. Ho cambiato il mio punto di vista su molte cose, sull'amore di Dio e verso Dio e sull'amore e la pietà che si devono agli uomini. Forse dovevo toccare il fondo per riemergere e respirare di nuovo aria pulita... Avrei potuto lottare con me stesso per evitare la caduta? Sarebbe stato meglio non finire nell'abisso del peccato? Probabilmente, anzi, sicuramente sì. Ma quello che ho vissuto, a ogni modo, è stata la volontà di Dio nei miei confronti».

«Posso chiederle di approfondire questo argomento, se non sono indiscreta? Perché questo discorso che ha appena fatto sulla conversione mi tocca moltissimo...»

«Ma certo, Silvia. A parte che lei conosce i miei segreti più del mio padre confessore...» Padre Paolo sorrise. E, per la prima volta notò Silvia, era un sorriso sereno.

L'uomo continuò: «La rigidità della mia educazione familiare e religiosa, la spinta sincera, ma troppo zelante, ad amare Dio, a seguirlo, a esaudire tutti i suoi precetti, mi avevano portato a concentrarmi troppo su me stesso. Volevo essere perfetto, come perfetto era Gesù. E, in questa spinta alla santità, alla perfezione, all'ascesi, avevo dimenticato che è l'amore il centro focale del messaggio del Vangelo. Come dice san Paolo, se avessi tutta la fede capace di spostare le montagne, ma non avessi la carità, ossia l'amore, non sarei nulla. E io, invece, cercando di proseguire nel difficile cammino della santità, guardavo me stesso e trascuravo gli altri. Amavo le certezze e biasimavo il dubbio. Detestavo i deboli, gli irresoluti, i peccatori. Non provavo nessuna pietà nei loro confronti, ma risentimento, disprezzo, financo odio. Mi sentivo straniero in terra, santo... separato appunto. E più vedevo il peccato contagiare gli uomini, diffondersi insidiosamente tra le famiglie e nelle case, più pregavo, lottavo per prendere le distanze, per poter dire, come il fariseo nel tempio, che ero diverso e ringraziavo il Signore per non essere come gli altri sventurati. Ho peccato di lussuria, cioè di troppo e deviato amore, con Federica. Ma, prima di lei, peccavo di mancanza di amore. E questo era immensamente più grave. Io mi sono sempre scagliato, in passato, contro una concezione troppo orizzontale della Chiesa. Ci sono molti preti o molti fedeli che vivono la fede unicamente come impegno sociale o addirittura politico, dimenticando che la Chiesa non è una associazione caritatevole, una Ong, come ha detto di recente anche il papa, ma una porta, una strada verso la salvezza. Io sostenevo che un cristiano non potesse limitarsi ad amare il prossimo trascurando l'amore per Dio. Era, la mia, una posizione corretta, ma parziale. Non avevo ancora interiorizzato che si possono amare i fratelli anche senza amare Dio; e questo alto sentimento appartiene a chi non crede. Però chi è cristiano non può pensare davvero di amare Dio se non ama anche i fratelli. Io per tutti questi anni di sacerdozio ho amato, anzi, ho pensato di amare Dio, ma in realtà amavo solo me stesso. L'amore, sincero, fortissimo, destabilizzante, che Federica mi ha dato e poi negato mi ha fatto l'effetto di una caduta rovinosa. Ma, con l'aiuto di Dio, mi ha aperto gli occhi, che erano ciechi. Sa cosa diceva sant'Agostino, che di peccati se ne intendeva?».

Aprì un piccolo libro dalla copertina scura che teneva in tasca e lesse: «*Osserviamo nelle cose inferiori ciò che dobbiamo riscontrare nelle superiori. Lo stesso amore basso e terreno, lo stesso amore sudicio e delittuoso che si attacca alle bellezze del corpo ci offre un qualche richiamo per elevarci alle cose più alte e più pure*. Agostino, quindi, affermava che c'è una fiammella di divino in ogni cosa e che quindi anche l'amore carnale e immorale riflette un barlume, una parvenza, una scintilla dell'amore di Dio. Io questa scintilla l'ho colta nello sguardo di Federica quando, dopo che mi ero tolto la benda, mi guardava, in quel momento di estrema abiezione che però esprimeva al contempo il massimo di amore possibile».

L'uomo era davvero commosso. E anche Silvia dovette faticare per trattenere le lacrime.

«So» proseguì Paolo dopo aver spento la sigaretta nel portacenere, «che si può vivere dignitosamente una vita cristiana senza per forza passare attraverso l'esperienza del peccato. Ci sono stati santi che si sono convertiti dopo una vita di nefandezze, penso a san Paolo o allo stesso Agostino, e altri che sono vissuti sempre nella grazia del Signore. Epicuro diceva che a volte il bene si rivela per noi un male, il male invece un bene. Condividere l'esperienza del peccato, e del peccato più vergognoso, ha cambiato la mia prospettiva sulla condizione umana rendendomi più compassionevole e disposto a capire e a perdonare. Spinoza ha scritto: *Mi sono impegnato a fondo a non deridere, né a compiangere, né tantomeno a detestare le azioni degli uomini, ma a comprenderle*. Vede Silvia, ho appena citato un filosofo classico e un filosofo ebreo. Fino a poco tempo fa, non l'avrei fatto. Ero infatti fermamente convinto che *nulla salus extra ecclesiam*, che al di fuori della Chiesa cattolica non ci fosse salvezza. E guardavo con profonda sufficienza, se non addirittura ostilità, a tutti i tentativi di dialogo ecumenico o interreligioso. Vedevo eresie, errori dogmatici, apostasie, tradimenti ovunque. Non accorgendomi che la mia intransigenza rischiava essa stessa di portarmi sulla strada dell'eresia, della negazione di Cristo. Perché un uomo che pretende di giudicare in base alle sue convinzioni terrene, in qualche modo mette in mora Dio, le cui vie, invece, sono imperscrutabili e i suoi giudizi ricolmi di misericordia.»

«Padre Paolo, serberò nel cuore le cose che mi sta dicendo. La mia fede è superficiale, non conosco quasi nulla della dottrina, della storia, dei santi. Non mi sono mai fatta molte domande sul senso della vita e della religione. Nemmeno sulla figura di Dio. Sono stata educata al cattolicesimo e mi sento cattolica, è la religione della mia famiglia, del mio Paese. Penso, però, che se fossi nata in Medio Oriente sarei stata islamica, in India induista, in Oriente buddista... Confrontarmi con lei mi fa pensare, mi spinge ad approfondire, a conoscere, a pormi delle domande...»

«Lei religione a scuola l'ha fatta?»

«Ma sì, certo. Un'ora alla settimana. Devo ammettere che era una specie di ricreazione, facevamo solo casino. Oppure, qualche volta, si parlava dei nostri problemi psicologici. E in quel caso, almeno, era utile...»

«Credo che la Chiesa italiana abbia perduto una grande occasione con l'ora di religione a scuola. Doveva secondo me rinunziarvi, visto che tanto non porta a nulla o quasi. Nessun ragazzo ha cominciato a frequentare la parrocchia per merito dell'ora di religione. Ma in cambio la gerarchia doveva pretendere l'insegnamento, laico ma obbligatorio per tutti, della cultura e della storia delle religioni. Ci sono ragazzi, oggi, che non sanno nulla del sacro e della sua importanza per la cultura e la storia di un popolo. Ma come si possono comprendere Dante o Michelangelo, apprezzare le grandi cattedrali gotiche, conoscere la storia dell'arte e della filosofia se non si hanno nemmeno le minime basi di conoscenza del fenomeno religioso? Come si può capire che nell'Europa del XVI secolo si sono scatenate delle guerre sanguinose attorno a concetti come "grazia" o sul battesimo, se non si sa più nemmeno quali sono i sacramenti? Si studiano Omero e Virgilio, ed è un bene, ma non si legge la Bibbia, che è il libro per eccellenza, la base della cultura occidentale. Nietzsche, è vero, ha proclamato la morte di Dio. Ma per poter affermare che Dio è morto, bisognava almeno conoscere chi fosse...»

Silvia annuì pensierosa e chiese: «Se volessi cominciare a leggere qualcosa, per approfondire la mia fede, da dove dovrei cominciare?».

«Legga intanto il Vangelo di Giovanni, il Vangelo dell'Amore, poi l'Ecclesiaste, per sperimentare il deserto del silenzio di Dio, e poi le *Confessioni* di sant'Agostino. Mi fermo qui. Ne ha già abbastanza per meditare a lungo.»

Silvia si appuntò i titoli sul cellulare. Poi alzò lo sguardo verso l'uomo.

«Devo anche pensare a consigliarle» continuò lui «un libro sulle grandi eresie. Attraversare il male ci fa capire meglio il valore del bene, allo stesso modo conoscere i grandi errori del passato ci spinge a cercare con più forza la verità. Stavo proprio riflettendo su come il mio modo precedente di vedere e vivere il sacerdozio mi avesse spinto sull'orlo all'eresia.»

La donna lo guardò incredulo: «Lei, padre Paolo? Non ce la vedo proprio nei panni di un eretico o di uno scismatico...».

«Lo scisma lo vivevo all'interno di me stesso, nella mia coscienza. Conosce qualcosa dei donatisti e dei pelagiani?»

«Non molto, in verità... Ricordo solo che avevano a che fare con sant'Agostino e, poi, con Lutero, giusto?»

«Non sbaglia. Diciamo così: donatismo e pelagianesimo sono due estremi, due tentazioni ricorrenti, due errori gravi in cui il cristiano rischia di incappare continuamente. E io, lo confesso, sono stato sul punto di rimanere prigioniero di entrambi. Cominciamo dai donatisti. Era un'epoca di persecuzioni e molti cristiani, di fronte alla minaccia di morte, abiuravano pubblicamente la propria fede, adorando gli idoli di fronte ai funzionari dell'Impero romano. Poi, spesso e volentieri, si pentivano della loro scelta e chiedevano di essere riammessi nella Chiesa. Ma i seguaci del vescovo Donato erano fermamente contrari: il pentimento non bastava, chi si macchiava di così gravi peccati, doveva essere ribattezzato di nuovo. Inoltre secondo la loro concezione, un prete che aveva abiurato perdeva, ipso facto, il potere di amministrare i sacramenti. Lei sa che, invece, per la dottrina cattolica i sacramenti risultano validi anche quando sono celebrati dal prete più indegno. Il neodonatismo, quello in cui ero incappato anch'io, è la tentazione di coloro che si battono per una Chiesa di santi e di perfetti, disprezzando il peccatore e non provando alcuna compassione o empatia per chi erra. Sempre pronti a condannare, a giudicare, a scagliare la prima pietra, a separare il grano dal loglio.».

Per padre Paolo era giunto il momento di una seconda sigaretta. Tirò un paio di boccate e riprese: «Esiste un corollario del neodonatismo, apparentemente paradossale. In genere i proclamatori più zelanti ed esigenti della dottrina, della non negoziabilità dei valori, dell'intransigenza, non esitano a sostenere pubblicamente i dittatori e i regimi più immorali e corrotti; oppure ad affidarsi, per la pretesa difesa della fede, che invece è solo difesa di piccolo potere e di privilegi, a forze politiche guidate da personaggi formalmente devoti, ma dalla vita dissoluta, se non scellerata. Questi personaggi, in certi ambienti cattolici, vengono addirittura riveriti e omaggiati, senza che nessuno chieda mai conto dei loro vizi e delle loro azioni nefaste. Si chiude un occhio, forse anche due, di fronte a questi peccatori, perché sono potenti. Ma per i peccati degli altri, della povera gente, c'è solo condanna e riprovazione. È un atteggiamento ipocrita che scandalizza e allontana tanti fedeli dalla Chiesa... Ma anche molti settori laici e sedicenti progressisti ricambiano la Chiesa neodonatista di attenzioni e di lodi. I loro giornali sono pieni di interviste agli esponenti più in vista del neodonatismo, che conta su una fitta schiera di cardinali, vescovi e alti prelati. Questi ambienti prediligono una Chiesa rigida, fredda e distante, dottrinaria, identitaria e scostante, conservatrice se non persino reazionaria. Si beano quando la Chiesa indice le crociate e si dimenticano che Gesù chiese a Pietro di deporre la spada e riattaccò l'orecchio del servo del grande sacerdote, venuto ad arrestarlo. Guardano invece con sospetto a una Chiesa che apre le sue braccia verso i popoli e verso i poveri. Diffidano della carità e della speranza, ma pretendono di insegnare ai papi e ai vescovi cosa e come devono predicare riguardo alla fede e ai dogmi. Ma si capisce: hanno paura della radicalità del Vangelo, provano panico di fronte alla forza della carità e dell'amore, e preferiscono che la Chiesa resti ben confinata, mi verrebbe da dire congelata, nel suo piccolo e intransigente territorio dei divieti e delle prescrizioni. Guardano alla Chiesa con quella benevola curiosità con cui si guarda agli animali nello zoo: l'importante è che se ne stiano chiusi nelle loro gabbie e non facciano invasioni di campo. Del loro campo, s'intende, in modo da poter spadroneggiare indisturbati». Il telefono di Paolo squillò, ma lui, dopo aver guardato chi fosse, non rispose, silenziando la suoneria.

«Faccia pure, se deve» disse Silvia.

«Non si preoccupi. Era mia sorella, nulla di urgente, la chiamerò più tardi.»

Silvia sorrise all'idea della sorella. Chissà se gli somigliava fisicamente. L'idea di un Paolo in gonnella la divertiva immensamente.

Il prete, intanto, aveva ripreso il discorso: «Sa qual è un'altra delle più gravi tentazioni in cui oggi incappano gli uomini di Chiesa? Quella di non scacciare i mercanti dal tempio. Del resto, l'essenza del potere qual è? Quella di applicare severamente le leggi per i nemici e di interpretarle – contestualizzarle si direbbe – per i cosiddetti amici. È una regola universale, che i chierici hanno spesso applicato, che vale in ogni luogo e in ogni tempo. Ma per Gesù no. La sua rivoluzione è che ci considera tutti eguali».

Padre Paolo era un fiume in piena. A Silvia non dispiaceva affatto, anzi. Ma il tempo stava scorrendo rapidamente e fuori, ad aspettarla in auto, sotto il sole cocente di agosto, c'era il povero Giulio e si sentiva in pena per lui. Così provò a velocizzare: «E, invece, del neopelagianesimo, che cosa mi dice?».

«Pelagio e i suoi seguaci ritenevano di poter accedere alla salvezza senza l'apporto della grazia, compiendo opere buone e dedicandosi a pratiche ascetiche molto rigorose. I pelagiani negavano il peccato originale, la natura corrotta dell'uomo, avevano una visione ottimistica del mondo. Ma l'uomo non si salva da solo, pensarlo è una forma di orgoglio, di presunzione, un volontarismo che nega di fatto la necessità di affidarsi a Dio. Io sono stato donatista, perché desideravo una Chiesa senza peccatori, ma anche pelagiano, perché pensavo che con la sola pratica ascetica sarei arrivato alla salvezza. Il paradosso del mio peccato con Federica mi ha aperto gli occhi e mi ha salvato. Dio ci parla spesso per paradossi. La croce è il più grande di questi. Il figlio di Dio che muore come un malfattore, insultato e schernito dai suoi stessi carnefici è, agli occhi degli uomini, una cosa talmente assurda e inarrivabile, che nessuna mente umana poteva escogitarla. Solo Dio poteva farlo!»

Silvia assentì: «Credo di aver capito il suo punto di vista. E sono sinceramente contenta per lei. Mi rimane difficile però digerire l'idea che lei ha ritrovato la sua strada di salvezza perché mia sorella è morta. Avrei curiosità di sapere che cosa avrebbe fatto della sua vita se mia sorella non fosse morta e avesse lasciato Vittorio per tornare con lei, senza pretendere che lasciasse la tonaca! I suoi occhi si sarebbero egualmente aperti? Non le chiedo nulla, non voglio fare processi retroattivi alle intenzioni, con i se e con i ma non si va avanti. Mi limito a osservare che deve essere ben crudele un Dio che salva un suo adepto attraverso la morte di un'altra persona...».

Paolo rimase per qualche secondo in silenzio, per riordinare le idee. Poi, con un po' di imbarazzo, rispose: «Forse sarei di nuovo caduto in tentazione. O forse il male che Federica mi aveva causato e il mio orgoglio ferito mi avrebbero convinto a perseverare nel distacco. Non so dirle nemmeno io che cosa avrei fatto in quel caso. È vero, la morte di Federica ha reciso il nodo, ha superato quel dilemma. Ma il disegno di Dio su di noi è spesso tortuoso e misterioso e non possiamo pretendere di capire tutto con la nostra limitata mente umana. Non possiamo fare altro che prenderne atto».

«Padre, sono dispiaciuta, ma non ho moltissimo tempo… Ci siamo presi una piccola vacanza, mio marito e io, non lo facevamo da anni. Andiamo a raggiungere mio padre e le bambine al mare in Liguria e mio marito mi aspetta qua fuori, al caldo, in macchina. Devo proprio scappare… ma prima di andare vorrei chiederle una cosa importante.»

«Mi dica.»

La sagoma di una suora apparve dietro al vetro della porta. Bussò, ma non aprì.

«Monsignore» disse, «solo per ricordarle che tra dieci minuti c'è la funzione.»

«Dieci minuti ci basteranno» sussurrò Silvia rivolta al prete.

XVIII

Un cuore nuovo e uno spirito nuovo

Il sacerdote si era predisposto all'ascolto e, appena l'ombra scura della suora scomparve dietro la porta a vetri, incoraggiò la donna a parlare con un cenno del capo.

«Vorrei raccontarle dei miei veri sentimenti nei confronti di Federica...»

Padre Paolo non sembrò affatto sorpreso. «Sa che in qualche modo me l'aspettavo?»

La donna stava per iniziare, quando girò di scatto il viso verso il muro e fece un gesto con la mano come per dire che aveva cambiato improvvisamente idea e che la questione non era più così importante. Era in lacrime. Paolo le si avvicinò e le mise una mano sulla testa, accarezzandola delicatamente. Con voce dolce, le disse: «Dia retta a me, si liberi, Silvia. Le farà solo bene».

«Devo ammettere» rispose la donna, soffocando i singhiozzi «che la morte di mia sorella mi ha scioccata profondamente. Ma non so dire se quello che ho provato per la sua scomparsa improvvisa sia vero dolore...» Si arrestò, un po' per riprendere fiato, un po' per saggiare le reazioni del suo interlocutore. Padre Paolo sembrava assolutamente sereno. La invitò a proseguire. Lei riprese: «Ho fatto molti brutti pensieri, padre. E me ne vergogno».

Il prete sorrise. Un sorriso aperto, solidale, indulgente.

«Pensi a quanto mi sono vergognato io a raccontarle certe cose, certi particolari così intimi e scabrosi... Ormai tra noi c'è una sorta di patto segreto, un'intesa speciale: ci siamo detti cose indicibili e non dobbiamo provare soggezione reciproca.»

«È proprio così, padre. Se non avessi conosciuto la sua vicenda, se non mi avesse rivelato i suoi segreti, sono sicura che non sarei riuscita ad aprirmi con lei. Le persone perfette, quelle che non sbagliano mai, sdegnose, lontane, le trovo respingenti, mi provocano imbarazzo. Mai e poi mai riuscirei a confidarmi con una persona così... Ho bisogno della comprensione, non di essere ulteriormente accusata e biasimata. Mi bastano i miei, di sensi di colpa...»

«E dunque, che brutti pensieri ha fatto? Mi dica con la massima serenità, nessuno la sta giudicando...»

«Be', intanto che Federica quella morte se la sia un po' cercata. Correva sempre come una pazza, non metteva mai le cinture. Sosteneva che a lei non sarebbe mai successo nulla, perché era baciata dalla fortuna...»

«Un pensiero così è normale in quelle circostanze. Non mi sembra che ci sia molto di cui vergognarsi.»

Silvia sembrava impaziente. Proseguì: «Non mi sono spiegata bene, evidentemente... Volevo dire che in qualche modo, ecco... non dico che fossi contenta, ma...».

«Ma?»

La donna si buttò in ginocchio davanti al prete e sbottò: «Padre, ho pensato che quella morte fosse meritata e persino opportuna. Che per certi versi riparasse i tanti torti, i dispiaceri, le ingiustizie che ho subìto a causa di mia sorella. Che avrei goduto finalmente dell'affetto esclusivo di mio padre. Un affetto che mi spettava, visto che ero stata sempre io a occuparmi di lui, mentre mia sorella se ne fregava bellamente, di tutto e di tutti. Pensava solo ai suoi affari, al soddisfacimento dei suoi capricci. Una persona così egoista e così ripiegata su se stessa non credo di averla mai conosciuta. Attorno a lei gli altri esistevano solo in funzione del suo benessere».

Ricominciò a singhiozzare: «Con me, poi, Federica è stata sempre un'arpia, un mostro di perfidia. Nonostante io fossi la sorella maggiore, ho sempre dovuto subire i suoi dispetti, le sue cattiverie, le sue prepotenze. Mi umiliava di continuo. Anche quando arrivava a Civello piena di regali costosi per me, per Giulio, per le bambine, aveva l'aria sussiegosa di chi ti butta in faccia il suo senso di inarrivabile superiorità. Ci faceva l'elemosina, non con compassione, ma con il palese disprezzo per la nostra condizione di esseri inferiori. È vero: lei era bella, elegante, ammirata e desiderata, aveva successo con gli uomini e nel lavoro. Ma lei, padre, pensa davvero che io la biasimassi per la sua vita spregiudicata e disinibita? Ma nemmeno per sogno, Paolo! Io la invidiavo, avrei voluto essere come lei, ma sapevo in cuor mio di non esserne capace. Io la detestavo perché, fin da piccola, il suo atteggiamento, le sue parole, i suoi modi di fare sprezzanti erano un continuo e consapevole atto di accusa nei miei confronti, nei confronti della mia esistenza grigia e banale, della mia mentalità ristretta, della mia totale mancanza di ambizione, della mia ricerca un po' vigliacca di una vita tranquilla e vuota. Non era vero che la disapprovavo. Era solo invidia! Per i suoi viaggi lussuosi e le sue amicizie interessanti e altolocate... Persino per i suoi vestiti, i suoi gioielli. Ho sempre sospettato che li avesse ottenuti in modo non onesto, ma non mi importava. Pensavo spesso che sarebbe stato fantastico avere la sua avvenenza e la sua capacità di seduzione e che io, al suo posto, mi sarei comportata allo stesso modo. Forse persino peggio...». La donna si alzò e, asciugandosi gli occhi con un fazzoletto, si rimise a sedere sulla sedia.

«Le confido un segreto, che non ho mai rivelato a nessuno, nemmeno a Eugenia. Quando lei stava maturando la decisione di andar via da Civello, consapevole che questo avrebbe spezzato il cuore di mio padre, non provai affatto a convincerla a tornare sui suoi passi. Tutt'altro. Io non vedevo l'ora che se ne andasse, che mi lasciasse finalmente in pace, senza essere costretta tutti i santi giorni a misurare la distanza siderale che mi separava da lei. Fui una consigliera infida e interessata. Lei invece si fidava di me, della mia saggezza, della mia bontà: e io le dissi che faceva benissimo ad andare a cercare fortuna altrove. Le feci una ipocrita scena finale di riprovazione solo perché di fronte a noi c'era papà. L'avevo avvisata prima, della messinscena, dicendole che lo facevo per non inquietare ulteriormente papà, che mi aveva chiesto di convincerla a rimanere. Ma non era vero, era una grande menzogna! La messinscena era contro Federica, volevo prendermi davanti a mio padre la mia rivincita, dopo tante angherie e tante sofferenze.»

Si fermò un momento, per riprendere fiato. Poi, tra i singhiozzi, riprese: «Padre, è la pura verità: non ho mai provato amore per Federica, nemmeno compassione. Ci ho provato, tante volte, ma non ci sono riuscita. Cercavo di convincere me stessa che un'esistenza normale, un buon matrimonio, delle figlie adorabili, una casa dignitosa, fosse tutto quello che in fondo desideravo. Tutti pensavano che io, in famiglia, fossi quella brava, posata, ragionevole, senza grilli per la testa. E, invece, il mio comportamento era frutto della mia impotenza, della mia incapacità di essere forte e spregiudicata, come era lei, Federica. Non ero io a essere la sorella fortunata perché, come dicevano in paese, avevo trovato un buon marito. Io ero quella che non aveva ricevuto nulla dalla fortuna: né la bellezza, né l'eleganza, né il fascino, né l'ambizione, tantomeno il coraggio di cambiare. Padre, io ho odiato con tutte le mie forze Federica e credo di odiarla ancora...».

Padre Paolo sospirò. Silvia, che aveva distolto da lui lo sguardo, alzò la testa e incrociò i suoi occhi, indulgenti e un po' spauriti. Ci mise un po' a calmarsi. Poi chiese, con un filo di voce: «Padre, pensa che io debba confessarmi?».

«Lo hai appena fatto in verità... Ma, dimmi Silvia, c'è altro che vuoi confidarmi?». Padre Paolo era passato al tu, con grande naturalezza. Silvia percepì che non era un segno che accorciava le distanze, ma le allungava: il modo di porsi di un maestro nei confronti di un allievo.

«Non so se...»

«Qui, in confessione, puoi dirmi tutto...»

La donna si genuflesse di nuovo e appoggiò la fronte sulle ginocchia di lui, scuotendo la testa.

«Coraggio, liberati del peso residuo. La parte più difficile l'hai già fatta».

Silvia alzò la testa e avvampò.

«Padre, mi perdoni... Io, io... Io ho invidiato Federica anche... anche per l'amore che ha vissuto con lei! Per la passione, l'erotismo, la tensione, il trasporto. Lo so, le sto dicendo una cosa senza senso, gravissima, sacrilega... Io ho mio marito, un bravo ragazzo, ma è insipido, vuoto, scontato: avrei voluto una storia con un uomo come lei, Paolo, fosse stato anche solo per un mese o una settimana. Avrei voluto provare, una volta nella vita, l'amore assoluto e invece sono stata sempre prigioniera dei lacci dell'amore relativo!»

Il prete la guardava sorpreso, persino imbarazzato. Ma senza alcuna riprovazione. Allora Silvia decise che era il momento di osare. Scattò in piedi, fissandolo negli occhi. Poi, quasi urlando, proruppe: «Paolo, io mi sono innamorata di te. E invidio Federica perché, con tutti i limiti che sappiamo, ha vissuto con te un vero amore...».

L'uomo sembrava paralizzato, non sapeva davvero cosa fare né dire. Silvia, passando anche lei al tu, si era messa di nuovo in una condizione di parità e a quel punto tornò a sedersi.

«Ma siccome ti amo veramente, e voglio il tuo bene» aggiunse con voce roca, ma ferma «ti dico che, sia pure con il cuore in pezzi, sia pure sapendo che me ne pentirò per tutta la vita, comprendo e condivido la tua scelta di andare in Brasile a vivere tra i poveri. Ho capito che amare significa anche sapersi sacrificare per l'amato. Federica non l'ha mai fatto. Ed è invece quello che intendo fare io, per te. Ma ti prego, stai tranquillo... non sono come mia sorella. Non ti tormenterò, non ti cercherò, non ti disturberò. Sarà questo il mio anello, il mio pegno di amore verso di te. Ti prometto, sulla testa delle mie figlie, che questa è l'ultima volta che avrai a che fare con me. Ma quello che proprio non posso prometterti è che smetterò di pensarti… E che non soffrirò la tua mancanza.»

Paolo si rabbuiò. Sembrava di aver perso in pochi attimi tutta la serenità e la sicurezza che aveva manifestato durante il colloquio. Si alzò, quasi barcollando, e tracciò in aria il segno della croce. Evitando lo sguardo di Silvia, recitò in latino la formula di assoluzione: «*Ego te absolvo a peccatis tuis in nomine Patris et Filii et Spiritus Sancti. Amen*».

Poi si girò di spalle e, senza un cenno di saluto, aprì la porta. Trattenuto da una forza invisibile, si arrestò però sulla soglia. Tornò sui propri passi e le andò incontro con le braccia tese. I due si abbracciarono teneramente, a lungo. Senza dirsi nemmeno una parola. Finché l'ombra della suora non riapparve dietro la porta per ricordare, con evidente disagio di fronte a un abbraccio che si prolungava da troppo tempo, che la funzione stava per cominciare.

Finito di stampare nel mese di maggio 2024
presso Grafica Veneta S.p.A. – Via Malcanton, 2 – Trebaseleghe (PD)
Printed in Italy